Stefanie Kloft

DIE WINDVÖGEL – STURM ÜBER BERLIN

Stefanie Kloft

Die Windvögel

Sturm über Berlin

Francke

Über die Autorin:
Stefanie Kloft arbeitet nach einem sozialwissenschaftlichen Studium und einer Weiterbildung zur Kreativitätspädagogin seit 2011 im soziokulturellen Zentrum des christlichen Vereins Lebendige Steine e.V. in Stendal (Sachsen-Anhalt). Sie ist glücklich verheiratet mit Samuel. Das kreative Schreiben ist Teil ihres Lebens, seit sie als Kind die Buchstaben auf der Schreibmaschine ihrer Eltern kannte. *Die Windvögel* ist ihre Debütreihe.

MIX
Papier aus verantwortungsvollen Quellen
FSC® C083411
FSC www.fsc.org

Bibliografische Information der Deutschen Nationalbibliothek
Die Deutsche Nationalbibliothek verzeichnet diese Publikation in der Deutschen Nationalbibliografie; detaillierte bibliografische Daten sind im Internet über http://dnb.dnb.de abrufbar.

ISBN 978-3-96362-269-4

35037 Marburg an der Lahn
Cover- und Innenillustrationen: Bernd Lehmann
Umschlaggestaltung: Francke-Buch GmbH / SG
Satz: Francke-Buch GmbH
Druck und Bindung: CPI books GmbH, Leck

www.francke-buch.de

Inhalt

-für Cassy-

Egal, was auf mich zukommt,
weder hoch, weder tief, nein, ich hab keine Angst.
Kann mir sicher sein, dass Du kommst,
und egal, was passiert, ich bin in Deiner Hand.
Dieses Leben endet, doch Du bist Ewigkeit.
Egal, was auf mich zukommt
– Du bist das, was bleibt. Du bist Real Life.
aus »Real Life« von den O'Bros

Alles grau in grau

Der kleine Fischschwarm zog an der Frontscheibe des Wohnzimmeraquariums vorbei. Von rechts nach links. Von links nach rechts. Immer die gleiche Strecke.

Ella hockte vor dem Aquarium und spürte, wie ihr langsam die Beine taub wurden. Ein Schlüssel klapperte an der Wohnungstür. Es war ihr Bruder Hannes, sie konnte es daran erkennen, wie er in den Flur polterte. Krachend fiel hinter ihm die Tür ins Schloss. Sofort versteckten sich die kleinen Fische im Dickicht des frisch gepflanzten Unterwassergrüns. Hannes schlurfte in den Raum.

»Na?«, fragte er grinsend. »Sind die neuen Familienmitglieder vollzählig?« Ella nickte.

»Schlag doch die Tür nicht so heftig zu«, erwiderte sie. »Du hast sie erschreckt.«

»Echt jetzt?« Hannes zog die Augenbrauen hoch und schüttelte den Kopf. »Das sind Fische, Ella. Die kommen klar.« Er ließ sich in den Sessel fallen und angelte seine Brotdose aus der Schultasche, um genüsslich das letzte, bereits angebissene Pausenbrot zu verspeisen.

Ella rappelte sich auf. Sofort spürte sie ein unangenehmes Kribbeln in ihren Beinen. Ein Pieken wie von hundert Nadelstichen breitete sich bis unter ihre Fußsohlen aus. Sie schüttelte sich.

»Was?«, fragte Hannes belustigt.

»Meine Beine sind eingeschlafen.«

»Na, zum Glück nur deine Beine, was?«, zog Hannes sie auf.

»Haha.« Ella warf ihrem großen Bruder einen verärgerten Blick zu. »Du kannst lieber mal die Kiste mit der Weihnachtsdeko auf den Dachboden bringen, anstatt blöde Kommentare zu machen.«

»Ja, Mama!«, antwortete Hannes und schälte sich aus dem Sessel. Dann hielt er inne. »Wieso ich?«

»Weil ... Mama es gesagt hat.«

Hannes kniff die Augen zusammen. »Sie hat gesagt, *einer von uns beiden* soll die Kiste raufbringen, nicht wahr?«

Ella biss sich auf die Lippe. Ihr Plan ging nicht auf, Hannes hatte sie sofort durchschaut. »Kannst du es bitte machen, Hannes?« Sie wechselte ihre Taktik. »Du weißt doch, ich mag den Dachboden nicht.«

»Natürlich weiß ich das«, entgegnete Hannes großspurig. »Und deshalb werden wir jetzt gemeinsam raufgehen, damit du lernst, dass es da oben nichts gibt, wovor man Angst haben muss.«

* * *

Ella ging vor. Unter ihren Füßen knarzte die alte Holztreppe bei jedem Schritt. Hinter ihr trug Hannes die Kiste mit der Weihnachtsdekoration. Mit dem Ellenbogen betätigte er den Lichtschalter am unteren Ende der Treppe. Nichts geschah.

»Siehst du, warum ich den Dachboden nicht mag?« Ella drehte sich von der obersten Stufe zu ihm um.

Wie auf Kommando begann die Neonröhre jetzt zu flackern, als könnte sie sich nicht entscheiden, ob sie nun leuchten wollte oder nicht. Dazu summte sie wie ein Hornissenschwarm.

Gelassen stieg Hannes die Stufen hinauf und drückte sich an Ella vorbei. »Das ist doch nur eine alte Lampe, die der Hausmeister mal reparieren muss«, meinte er und suchte im flackernden Halbdunkel nach ihrer Parzelle.

Der Dachboden war in mehrere Bereiche unterteilt, zu jeder Wohnung im Haus gehörte ein Stück Speicher. Alle Bereiche waren mit einem hölzernen Türchen verschlossen und mit einem Schloss gesichert. Manche Parzellen waren leer, andere bis unter das Dach vollgestopft mit Kisten und Krempel. Ganz hinten spendete ein kleines rundes Fenster, knapp unter dem Giebel, ein bisschen trübes Tageslicht. Hannes stellte die Kiste ab und versuchte, im flackernden Licht der Neonröhre die Zahlen auf dem Vorhängeschloss ihres Dachbodenabteils zu entziffern. *Windvogel* stand in schwarzen Buchstaben auf das Türchen gekritzelt. Mit einem leisen Klicken sprang das

Schloss schließlich auf. Hannes griff nach der Kiste.

»Siehst du, alles halb so wild!«, rief er zu Ella hinüber, die immer noch am Treppenabsatz stand. Hannes stieg über ein auseinandergebautes Bettgestell, schob die Weihnachtskiste an ihren Platz im verstaubten Deko-Regal und wandte sich zum Gehen.

In diesem Moment gab es einen dumpfen Knall, gefolgt von einem Zischen, und die alte Lampe erlosch. Sofort war es stockdunkel und Ella kreischte auf.

»Alles gut!«, rief Hannes in die Dunkelheit und hastete vorwärts. Dabei stolperte er über die Bettteile am Boden und schlug der Länge nach auf dem rauen Holzfußboden auf. Ein stechender Schmerz fuhr ihm durch den Handballen.

»Alles gut«, keuchte er wieder und rappelte sich auf. »Nichts passiert, Ella ... Ella?«

Keine Antwort. Eilig schlug er die Tür zum Dachbodenabteil zu. Das Vorhängeschloss rutschte aus der Verankerung und fiel zu Boden. »Mist!« Er tastete danach.

»Ella?«, rief er wieder. »Kannst du die Taschenlampe von deinem Handy anmachen? Ich hab das Schloss verloren.«

Nichts.

Nur ein bisschen fahles Licht fiel durch das runde Fenster unter dem Giebel. Langsam wurde auch Hannes mulmig zumute. Er sprang auf, dabei kickte sein Fuß gegen das heruntergefallene Schloss und es rutschte ins Abteil hinein. Egal! Hannes lief zur Treppe und polterte die Stufen hinunter. Erleichtert drückte er die Tür zum Flur hinter sich ins Schloss. Alles halb so wild, nur die blöde Lampe war kaputtgegangen. Tief atmete Hannes durch und entspannte seine Schultern. Dann warf er einen Blick auf seine Hand. Ein großer Holzsplitter hatte sich in den Ballen gebohrt. Schmerzhaft, aber nicht weiter tragisch. Aus dem Augenwinkel nahm er eine Bewegung wahr, verblüfft schaute er auf. Auf dem niedrigen Fensterbrett im Flur hockte Ella mit verschränkten Armen und sah ihn an, mit einer Mischung aus Ärger und schlechtem Gewissen.

»Alles okay?«, fragte Hannes.

Sie nickte. »Ich mag den Dachboden halt nicht«, erklärte sie trotzig.

Hannes seufzte. »Ich auch nicht.« Er zwinkerte ihr zu.

⋆⋆⋆

Kiki sog an ihrem Strohhalm und die Sahnehaube auf der heißen Schokolade rutschte ein wenig tiefer ins Glas. Ella saß im Schneidersitz auf dem gepolsterten Fensterbrett des Cafés und rührte in ihrem Chai. Der würzige Duft von Zimt und Nelken stieg ihr in die Nase.

»Wer trinkt denn Tee mit Milch?«, hatte Kiki kopfschüttelnd gefragt und trotzdem von Ellas Getränk probiert.

Kiki, eigentlich Kristin, war schon seit der ersten Klasse Ellas beste Freundin. Sie saßen seit über fünf Jahren in der Schule nebeneinander.

Jetzt stellte Kiki ihr Glas ab und angelte eine der kostenlosen Postkarten vom Tisch. »Pass auf, ich les dir was vor.« Ihre Freundin beugte sich zu Ella hinüber.

»Ein Gedicht:

Wenn du glaubst,
das Leben hat dir einen Streich gespielt –
schlag zurück!
Lache, bis die Sterne vom Himmel fallen,
und sing die Dunkelheit der Nacht fort.
Vor allem aber: Gib niemals auf!«

»Reimt sich doch gar nicht«, bemerkte Ella trocken.

»Das ist Kunst«, sagte Kiki grinsend und tippte ihr mit der Postkarte gegen die Stirn.

»Schon klar«, meinte Ella nur. »Hast du die Geschichte von den Zwillingen aus der Dritten und dem Typen vor der Schule gehört?«, wechselte sie das Thema.

»Ja.« Kiki nickte. »Stell dir mal vor, da quatscht dich ein fremder Mann an und behauptet, dein Onkel zu sein, der dich abholen soll.«

»Verrückt, oder? Und es hätte auch noch fast funktioniert!«

»Ehrlich mal«, erwiderte Kiki. »Wenn Frau Vittozzi nicht zufällig vorbeigekommen wäre, wären die beiden wahrscheinlich eingestiegen. Also mal im Ernst: *Mir* würde so was nicht passieren!« Dann lehnte sie sich zurück, verschränkte die Finger hinter dem Kopf und wechselte das Thema erneut: »Meinst du, *er* kommt zur Aufführung vor den Winterferien?«

Ella ließ gedankenverloren den Blick durch das Eck-Café streifen. Neben der Eingangstür stand ein ziemlich hässlicher, beleuchteter Schneemann aus Flechtwerk, der mit einer monotonen Bewegung seinen Hut vom Kopf nahm und wieder aufsetzte. Sie schmunzelte. Nicht schön, aber selten.

»Meinst du, *er* kommt?«, fragte Kiki wieder.

»Wer denn?« Ella wandte ihren Blick von dem Schneemann ab, der gerade wie eine Discokugel blinkte.

»Na, *er*!« Kiki sah Ella durchdringend mit ihren großen blauen Augen an und griff nach ihrer heißen Schokolade. »Du weißt doch, wen ich meine.«

Ella schüttelte den Kopf. »Nee, keine Ahnung.« Eigentlich wusste sie ganz genau, von wem ihre Freundin sprach, aber seit einigen Tagen ging ihr Kikis Schwärmerei gehörig auf die Nerven.

»Ach Ella, *er*!« Kiki gestikulierte so wild, dass die Sahnehaube in ihrem Glas bedrohlich zu schwanken begann. Dann senkte sie die Stimme. »Noah! Der Kumpel von deinem Bruder«, zischte sie zwischen den Zähnen hervor.

»Ach der!« Ella winkte ab.

»Pscht!«, machte Kiki aufgeregt und legte den Zeigefinger auf ihre Lippen.

»Was denn?« Ella zuckte belustigt mit den Schultern. »*Er* ist doch nicht hier.«

»Na und? Muss doch auch sonst niemand wissen. Versprich mir, dass du es niemandem sagst!«

»Das ich *was* niemandem sage? Dass du verknallt bist?« Ella kicherte.

»Ella!« Kiki packte sie am Arm und Ella verschüttete ihren Chai auf die grün-grau gemusterten Sitzpolster.

»Pass doch auf!«, schimpfte sie.

»Pass du doch auf!«, gab Kiki ärgerlich zurück. »Warum musst du auch so laut reden?«

»Was hast du denn für ein Problem? Wieso regst du dich gleich so auf, wenn ich mal einen Spaß mache?«

»Weil ...« Kikis Unterlippe zitterte. »Weil ich dachte, ich kann mit meiner besten Freundin über so was reden. Für mich ist das kein Spaß!« Sie knallte ihr halb volles Glas auf den Tisch, stand auf und stapfte zur Tür. Ihr langer pinkblonder Pferdeschwanz tanzte bei jedem Schritt auf und ab.

»Hey, Kiki!« Ella beugte sich vor. »Das war nicht so gemeint. Komm zurück! Ich wollte nicht ... Es ... es tut mir leid!«

Doch Kiki war bereits zur Tür hinaus, rauschte ohne einen weiteren Blick am Fenster vorbei und verschwand in der Berliner Dämmerung. Geknickt stellte Ella ihre noch halb volle Tasse neben Kikis Glas und zog sich ihre Jacke über. Ihr Blick fiel auf die Postkarte mit dem reimlosen Gedicht. Kurzerhand steckte sie sie ein.

Das trübe Wetter draußen passte zu ihrer getrübten Stimmung. Sie hasste es, mit Kiki zu streiten. Irgendwie schien ihre Freundin in letzter Zeit empfindlicher zu sein. Oder war sie selber vielleicht unachtsamer als sonst und genervt von Kiki? Unschlüssig schaute sie vor der Cafétür nach rechts und links. Sollte sie versuchen, ihre Freundin einzuholen, oder nach Hause gehen?

Aus dem leichten Nieselregen wurde rasch ein kräftiger Schauer. Das Wetter nahm ihr die Entscheidung ab und sie machte sich auf den Heimweg. Obwohl Ella glücklicherweise einen Regenschirm dabeihatte, blieb sie nicht lange trocken. Der kalte Januarwind zerrte an Schirm und Jacke und die Nässe kroch ihre Hosenbeine herauf. Irgendwo im rechten Schuh musste eine undichte Stelle sein, denn Ella spürte, wie ihre Socke nass und immer nasser wurde. Sie lief schneller, um nicht völlig aufgeweicht zu Hause anzukommen. Der Regen kam jetzt fast waagerecht von vorn und bald klebte ihr die Jeans an den Oberschenkeln. Gleich war sie da.

Mit der Schulter stieß sie die Eingangstür zum Durchgang auf, überquerte den Hof und hastete die Stufen zu ihrer Wohnung hinauf. Mit klammen Fingern schloss sie die Tür auf. Mama war schon zu Hause.

»Na?«, rief sie aus dem Wohnzimmer. »Wie war dein Nachmittag? Bist du nass geworden?«

»Ja.« Ella schniefte und streifte ihre Schuhe von den Füßen. Mama kam in den Flur.

»Alles okay?«, fragte sie. »War es schön mit Kiki?«

»Nein!«, polterte Ella und schluckte die Tränen herunter. »Es war schrecklich!«

Mama nahm ihr die nasse Jacke ab. »Was ist denn passiert?«, fragte sie mitfühlend.

»Ich weiß auch nicht.« Ella zuckte mit den Schultern. »Irgendwie ist Kiki anders als sonst. So ... so empfindlich. Wir haben gestritten.«

»So?« Mama hob fragend die Augenbrauen.

»Sie mag einen Jungen«, seufzte Ella.

»Und du magst ihn auch?«

»Nein. Also ja. Aber nicht *so*!« Sie wischte sich mit dem Ärmel die Regentropfen aus dem Gesicht. »Kiki redet nur noch von ihm. Die ganze Zeit geht es nur um ...« Ella biss sich gerade noch rechtzeitig auf die Lippe, um den Namen nicht auszusprechen.

»Und worüber habt ihr gestritten?«

Ella kniff die Augen zusammen. »Weil ich mich lustig gemacht habe. Dabei wollte ich das gar nicht. Ich wusste nur nicht, was ich sagen soll.«

Mama legte Ella die Hände auf die Schultern und massierte mit den Daumen ihren Nacken. »Wie wäre es, wenn du ihr genau das sagst?«

Ella nickte langsam. »Hm ... Ja, wahrscheinlich wäre das gut. Ich muss unbedingt noch mal mit ihr reden.«

Nächster Halt: Ruppiner Chaussee

Die Wagentüren der U-Bahn öffneten sich zischend und entließen die Fahrgäste ins Freie. Ella stolperte auf den Bahnsteig und schaute sich suchend um. Rechts und links von ihr schoben und drängten sich die Leute aneinander vorbei, hastig auf dem Weg ins Wochenende. Ein ganz normaler Freitagnachmittag in Berlin. Ella war auch auf dem Weg ins Wochenende. Genauer gesagt auf dem Weg zu Hannes, der irgendwo in der Nähe auf sie wartete.

Sie ließ sich von der Menge treiben bis zu den Treppen, wo die ganz Hastigen die Stufen hinaufhetzten und die nicht ganz so Hastigen die Rolltreppe nahmen.

Ella hatte es heute nicht eilig. Sie griff nach dem Handlauf und trat auf die unterste Stufe. Bei den meisten Berliner Rolltreppen war der Handlauf ein bisschen schneller als die Stufen. Besonders bei den langen Treppen der U-Bahn-Stationen in Mitte fand sie es jedes Mal lustig, wenn ihr Arm etwas eher am Ziel angelangt war. Am Ende musste sie sich immer strecken, um nicht loszulassen.

In ihrer Jackentasche vibrierte ihr neues Smartphone, das sie zu Weihnachten bekommen hatte. Mit der freien Hand zog sie es heraus. Es war eine Nachricht von Hannes.

Wo bist du?

U-Bahnhof Alt-Tegel, tippte sie zurück.

Die Rolltreppe war schon im oberen Stockwerk angelangt. Viel zu kurz für ihr Handlauf-Experiment. Ella ging ein paar Schritte und kramte dann einen Zettel aus der Hosentasche.

Bus 222, hatte Hannes darauf gekritzelt, *bis Ruppiner Chaussee. Umsteigen in Bus 124 bis Tegelgrund.*

Sie schaute auf. Es gab einen Ausgang geradeaus, vorbei am Zeitungsstand, einen weiteren Ausgang links hinter dem Blumenladen und einen dritten rechts um die Ecke. Diesen U-Bahnhof kannte sie nicht besonders gut, aber die Bushaltstellen zu finden, sollte nicht schwer sein.

Ein Mann mit einem großen Reisekoffer, an dessen Griff die typischen weißen Zettel vom Flughafen befestigt waren, überholte sie mit schnellen Schritten. Am Mülleimer hielt er an und schaute ratlos auf den Behälter mit den vier verschiedenfarbigen Müllsäcken, dann auf die Bananenschale in seiner Hand. Mit einem Schulterzucken entsorgte er sie im Sack für Plastikmüll. Gelb wie Bananenschalen. Ella grinste kopfschüttelnd und folgte ihm, am Blumenstand vorbei, ins Freie.

Sofort fuhr ihr der eisige Wind durch die Haare. Sie zog ihre graue Beanie aus der Jackentasche und stülpte sie sich über die Ohren. *Bleib behütet*, stand auf den Saum gestickt. Die Mütze war neu, ein Geschenk von ihrer Gruppenleiterin aus der Kirche für alle, die den Gottesdienst an Heiligabend mitgestaltet hatten. Wieder summte ihr Handy.

Wann kommst du?, fragte Hannes.

Gleich.

Rasch streifte sie ihre Handschuhe über und rannte zur Bushaltestelle. Doch Bus Nummer 222 war nicht auf der Anzeigetafel gelistet. Ella zog erneut den zerknickten Zettel heraus. Möglicherweise hatte sie Hannes' Schrift nicht richtig entziffert? 222 stand da, blau auf weiß. Und 124. Keiner der beiden Busse fuhr hier. Vielleicht hatte ihr Bruder sich getäuscht?

»Entschuldigung!« Ella wandte sich an eine Frau mit Wolljacke und bunten Strumpfhosen. »Ich suche die 222.«

»Die fährt nicht hier.« Die Frau schüttelte den Kopf und zog Ella am Ärmel vom Straßenrand weg. Hinter ihr bremste ein Bus scharf ab. Noch ehe er ganz zum Stehen gekommen war, öffneten sich die Türen und die Frau stieg ein. In leuchtendem Orange war die Busnummer 133 auf der Front zu lesen.

»Willste mit?«, fragte der Fahrer und schaute zwischen dem Innenspiegel und Ella hin und her, die noch immer unschlüssig an der Haltestelle stand.

»Fahren Sie zur«, sie warf einen Blick auf den Zettel, »Ruppiner Chaussee?«

»Steig ein.« Er nickte mit dem Kopf ins Innere des Busses.

»Also halten Sie da?«, fragte Ella.

»Ja, sicher«, antwortete er, ohne den Blick vom Spiegel zu nehmen. »Tür freimachen!«, brüllte er nach hinten.

Ella hatte kaum ihren Fuß in den Bus gesetzt, da zischten hinter ihr schon die Türen zu und der Fahrer trat im nächsten Moment aufs Gaspedal. Ella stolperte in den Gang und schlang ihren rechten Arm um eine der Haltestangen. Busfahren fand sie furchtbar, vor allem im Winter. Die Luft war so feucht und stickig, dass die Fenster beschlugen. Die meisten Plätze waren besetzt mit Leuten in dicken Jacken. Auf den wenigen freien Sitzen hätte Ella rückwärtsfahren müssen. Besser, sie blieb einfach stehen. Wenn der Fahrer nur nicht vor jeder Ampel so scharf bremsen würde!

Ella lehnte ihre Stirn gegen die Haltestange und starrte zur Frontscheibe hinaus auf die Straße. Ein schwarzer Wagen schob sich laut hupend auf der Linksabbiegerspur am Bus vorbei, um noch bei Gelb über die Kreuzung zu jagen.

»Nächster Halt: Alte Mühle«, nuschelte der Busfahrer ins Mikrofon.

Mit einem Ruck kam der Bus zum Stehen. Ella warf einen Blick auf den Bildschirm, wo normalerweise die nächsten Haltestellen zu lesen waren. Aber der war schwarz. Ihr Handy summte. Sie angelte das Gerät mit der linken Hand aus der Tasche, während sie mit dem anderen Arm weiterhin fest die Haltestange umschlungen hielt.

Wir sind auf die andere … Mehr zeigte die Nachrichtenvorschau nicht an und mit den Handschuhen konnte sie das Display nicht entsperren. Der Busfahrer drückte das Gaspedal durch und der Bus machte einen Satz nach vorn. Bloß nicht die Stange loslassen! Mit den Zähnen zog Ella den Handschuh von ihrer linken Hand.

»Nächster Halt: Ruppiner Chaussee«, nuschelte es aus dem Lautsprecher.

Ella entsperrte den Bildschirm.

Wir sind auf die andere Straßenseite gegangen, schrieb Hannes. *Siehst uns von der Bushaltestelle aus.*

Der Bus bremste und die Türen sprangen auf. Ella hob den Kopf. War das ihre Haltestelle? Auf dem Schild neben dem Wartehäuschen stand *Heiligenseestraße*. Aber hatte der Fahrer nicht gerade Ruppiner Chaussee gesagt?

Eine Frau mit zwei Einkaufstaschen schob sich durch den Gang auf sie zu.

»Welche Haltestelle ist das?«, fragte Ella.

»Ruppiner Chaussee«, erwiderte die Frau und wuchtete ihre Taschen auf den freien Rückwärts-Sitz neben ihr.

»Oh!« Ella wirbelte herum zur hinteren Tür. Doch die schloss sich bereits und der Bus fuhr an.

»Mist!« Sie steckte ihr Handy weg, drückte den Halteknopf. Gerade überholte ihr Bus einen anderen. 124 stand in Neonzahlen oben auf seiner Anzeige. Sie seufzte verärgert. Das wäre ihr Anschlussbus gewesen.

»Nächste Haltestelle: Schulzendorfer Weg.« Kurz darauf bremste der Bus abrupt ab, die Türen sprangen auf. Ella war die Einzige, die hier mitten im Tegeler Forst ausstieg. Sie schaute sich um. Rechts und links war die Straße von kahlem Wald gesäumt, in dem sich die ersten Böen des heraufziehenden Sturmtiefs austobten. Ärgerlich kickte Ella einen herumliegenden Tannenzapfen weg. Zurück zur letzten Haltestelle waren es bestimmt anderthalb Kilometer. Und dann musste sie ja noch auf den nächsten Bus der Linie 124 warten. Ganz toll!

Der Bus, mit dem sie gekommen war, verschwand hinter der nächsten Kurve. Sollte sie Hannes schreiben, dass es später werden würde? Sicherlich hätte er darauf einen blöden Spruch parat. Ella seufzte. Dann würde sie erst mal schauen, wann der nächste Bus in die Gegenrichtung fuhr. Sie vergrub ihre Hände in den Jackentaschen und hielt plötzlich inne. Direkt neben der Haltestelle stand eine Tafel mit dem Wegenetz des Tegeler Forsts. Ein roter Punkt markierte ihren Standort. Und genau von dort führte schnurgerade ein Weg durch den Wald, der Schulzendorfer Weg. Und wo endete er? An der Haltestelle Tegelgrund!

Schick mir deinen Standort, tippte sie eine Nachricht an Hannes, *ich bin unterwegs.*

* * *

Noah riss den Lenker seines BMX direkt vor Hannes herum, dass die Erde unter den Reifen nur so spritzte.

»Willst du auch noch mal?«, fragte er und öffnete den Verschluss an seinem Helm.

»Ja. Danke.« Hannes zog Noahs Helm auf.

»Hast du noch Wasser?«, fragte Noah.

»Im Rucksack.« Hannes nickte zur Bank am Streckenrand hinüber.

»Kann ich welches abhaben?«

»Sicher.« Hannes nestelte am Verschluss des Helmes herum. Noah hatte das BMX von seinem Vater zu Weihnachten bekommen. Seitdem nutzte er fast jede Minute seiner freien Zeit zum Fahren. Und wenn Hannes Zeit mit Noah verbringen wollte, musste er wohl oder übel auch BMX fahren, denn auf Dauer wurde das Stehen am Streckenrand nicht nur langweilig, sondern auch kalt.

»Wann musst du eigentlich heute zu Hause sein?«

»Hm«, machte Noah nur und zuckte mit den

Schultern, während er trank. »Weiß nicht.« Er wischte sich mit dem Handrücken über den Mund und hinterließ auf seiner dunklen Haut eine noch dunklere Spur Erde.

»Hat dein Vater Spätschicht?« Klickend schloss Hannes den Kinnriemen des Helmes.

Noahs Vater arbeitete bei der Kriminalpolizei und hatte immer viel zu tun. Er war alleinerziehend, seit Noahs Mutter vor sechs Jahren an einer schweren Krankheit gestorben war. Noahs Familie bestand nur noch aus ihm und seinem Vater.

»Jupp.« Noah nickte. »Die ganze Woche schon und die nächste auch.« Er ließ die Flasche zurück in den Rucksack gleiten. »Am Wassergraben musst du aufpassen«, wechselte Noah jetzt das Thema und deutete über den Hügel. »Da ist so eine blöde, matschige Kante. Nicht, dass du aus dem Sattel fliegst.« Er grinste und wuschelte durch seine schwarzen Locken.

»Alles klar.« Hannes nickte und drehte eine Runde, um vor dem Hügel Schwung zu nehmen. Weit kam er nicht. Er wollte gerade auf die Strecke starten, da wurde er von einem anderen BMX überholt.

»Hey!«, grüßte der Fahrer und schlug ihm unsanft auf den Rücken.

Hannes bremste sofort und drehte sich zu Noah um. Der hob nur fragend die Hände.

»Sind das nicht die Jungs vom letzten Mal?«, fragte Hannes mit einem Blick über die Schulter und schob das Rad zurück zu Noah.

»Hey Schokohörnchen!« Ein zweiter Fahrer schoss an ihnen vorbei in den Parcours.

Noah kniff die Augen zusammen.

»Sollen wir gehen?«, fragte Hannes unsicher.

»Wieso?«, gab Noah genervt zurück. »Denkst du, ich kann die Sprüche nicht ab?«

»Nein, das wollte ich nicht sagen. Ich dachte nur, du findest das vielleicht blöd.«

Noah schnaubte verächtlich.

Hannes hockte immer noch im Sattel und spielte unschlüssig mit der Bremse.

Angestrengt schaute Noah an Hannes vorbei. »Weißt du, *was* ich blöd finde?«, fragte er schließlich und redete direkt weiter, ohne eine Antwort abzuwarten: »Dass es immer irgendwelche Typen geben wird, die meinen, ich müsste mich verdrücken, weil ich nicht dazu passe. Letztens erst sagte einer zu mir: ›Geh doch zurück nach Afrika.‹« Noah breitete fragend die Arme aus. »Hallo?! Geht's noch? Afrika? Ist ja nicht so, dass ich in Dortmund geboren wäre! Und mein Vater übrigens auch. Und mein Opa ist Amerikaner.«

»Und hast du das diesem Typen gesagt?«, fragte Hannes vorsichtig.

»Solche Leute wollen doch gar keine Antwort«, erwiderte Noah und tippte sich gegen die Stirn. »Die haben sich ihre Meinung doch schon längst gebildet.«

Hannes schwieg, denn er wusste nicht, was er sagen sollte. Er kannte Noah jetzt seit anderthalb Jahren, seit sie nach den sechs Grundschuljahren, die es in Berlin gab, beide auf die gleiche weiterführende Schule gekommen waren. Noah war damals gerade von Dortmund nach Berlin gezogen. Von einem Mitschüler war Noah nach und nach zu Hannes' bestem Kumpel geworden. Und seitdem wurde Hannes mit einem Thema konfrontiert, über das er sich vorher nie Gedanken gemacht hatte: Sein Freund wurde von anderen

Leuten gemobbt. Nur, weil seine Haut eine andere Farbe hatte.

»Okay, lass uns aufhören. Ich kann das doch eh nicht so gut.« Hannes nahm den Helm ab.

»Na und?« Irritiert schüttelte Noah den Kopf. »Deshalb sind wir doch hier.«

»Ja, schon.« Hannes wand sich. »Aber ich hab gerade einfach keine Lust mehr.«

»Echt jetzt? Du bist doch erst einmal gefahren«, meinte Noah.

»Ich weiß. Aber ich fahre nicht so gern, wenn die Profis hier sind«, entgegnete Hannes kleinlaut.

»Profis?« Noah grinste. »Die sind doch keine Profis!«

»Können wir nicht rüber zu den Eichen gehen?« Hannes deutete zur Straße.

»Das sind so popelige Hügel.« Noah legte den Kopf zur Seite und musterte Hannes. »Oder willst du einfach nicht mit mir gesehen werden?«

»Mensch Noah, du weißt genau, dass das nicht so ist!« Verärgert sprang Hannes vom BMX.

Noah lachte. »Klar weiß ich das. Ich meine, eigentlich hätte ja eher ich Grund, nicht mit *dir* gesehen werden zu wollen, so grottig, wie du fährst.« Er schlug Hannes auf die Schulter. »Spaß, Mann. Der musste jetzt einfach sein. Wenn du unbedingt willst, gehen wir halt rüber.«

»Da kann ich noch ein bisschen üben.«

»Okay.« Noah schob das BMX von der Strecke Richtung Straße.

Schweigend trottete Hannes hinter ihm her. »Noah, ich ...«, setzte er schließlich an.

»Sag nichts«, entgegnete Noah. »Es ist alles okay zwischen uns. Aber damit das klar ist: Wir gehen rüber, weil *du* das willst. *Ich* würde die Strecke nicht räumen, bloß, weil mich einer von denen Schokohörnchen nennt!«

»Ja, ich weiß«, gab Hannes zurück.

»Und du musst Ella Bescheid sagen.« Noah schob das Rad über die Straße, ohne einen Blick nach rechts oder links zu werfen. »Na ja, zumindest sind die Hügel drüben die Richtigen für sie.«

»Sag das bloß nicht zu ihr!«, erwiderte Hannes und folgte Noah über die Straße. Weit und breit war kein Auto zu sehen. Man brauchte ja auch eine Sondergenehmigung, um mit seinem Wagen durch den Wald zu fahren. Der Tegeler Forst war ein Stück wilde Natur mitten in der Großstadt und das sollte auch so bleiben.

»Würdest du eigentlich gern mal nach …?« Hannes verkniff sich den Rest seiner Frage.

»Was?« Noah musterte ihn von der Seite.

»Nichts. Vergiss es.«

»Nach Afrika?«, vollendete Noah die Frage und schnaubte.

»Hey, das sollte jetzt nicht so rüberkommen«, beschwichtigte Hannes ihn. »Ich …«

»Kannst du mal damit aufhören?«, unterbrach Noah ihn. »Wir sind okay miteinander. Ich werd's dir schon sagen, wenn du dumme Fragen stellst, die ich nicht beantworten will. Nein, daran hab ich kein Interesse, ich würd viel lieber mal nach Amerika fahren und meinen Opa besuchen.« Er postierte das BMX vor Hannes und deutete auf den Sattel. »Du bist immer noch dran.«

Hannes setzte sich den Helm wieder auf.

»Aber du weißt schon, dass ich sauer bin, oder?« Noah kniff die Augen zusammen.

»Nein«, antwortete Hannes irritiert. »Wieso denn jetzt?«

Sein Kumpel fuchtelte mit dem Finger vor seinem Gesicht herum. »Na, wer von uns sollte denn eigentlich letztes Jahr nach Afrika fahren? Und wer hat mir versprochen, was mitzubringen, als Entschädigung für die vielen Stunden Geschichte lernen, die ich für dich geopfert habe?«

»Oh Mann, Noah!« Hannes rollte mit den Augen. »Wie oft willst du mir das denn noch vorhalten? Ist ja nicht meine Schuld, dass wir nicht in Ägypten waren.«

»Weiß ich doch!« Noah winkte gelassen ab. »Aber ich hab jetzt eben was gut bei dir.«

Hannes erinnerte sich mit gemischten Gefühlen an den vergangenen Sommer. Die Zeit in Österreich war echt abenteuerlich gewesen, doch der verpassten Ägyptenreise trauerte er immer noch ein bisschen nach. Sein Vater hatte zwar versprochen, dass sie den Urlaub nachholen würden, aber dieses Jahr sah es leider nicht danach aus.

»Und jetzt«, unterbrach Noah seine Gedanken und drückte Hannes auf den niedrigen Sattel,

»fährst du endlich eine Runde BMX. Sonst lernst du das doch nie richtig. Wir sind ja nicht zum Quatschen hergekommen!«

Der Mann im blau-weißen Trainingsanzug

Angestrengt starrte Ella auf ihr Handy. Der kleine blaue Punkt auf der Karte zeigte an, wo sie sich gerade befand. Wenn der Weg weiterhin so stur geradeaus führte, würde sie ziemlich genau am Standort von Noah und Hannes herauskommen.

Wie dürre Finger streckten die Bäume ihre Äste gen Himmel. Der Wald knarrte und raschelte. Hin und wieder kämpfte sich die Sonne durch die über den Himmel jagenden Wolken. Schon am Wochenende sollte das angekündigte Sturmtief Berlin erreichen. Deshalb hatten Noah und Hannes beschlossen, heute noch mal BMX zu fahren, denn nach dem letzten Sturm war der Forst wochenlang gesperrt gewesen.

Noah. Ob Kiki wusste, dass sie ihn heute treffen würde? Ob sie eifersüchtig war? In der Schule fanden gerade die Projekttage statt und sie hatten sich heute gar nicht gesehen, weil sie leider nicht in dieselbe Gruppe gekommen waren.

Ella steckte das Smartphone weg und hob den Kopf. Weiter vorn auf dem Weg kam ihr jemand entgegen, eine Gestalt in Blau. Bestimmt ein Sportler, der den Freitagnachmittag nutzte. Langsam näherte er sich. Ella starrte an ihm vorbei in den Wald und beobachtete ein Eichhörnchen, das wie ein rotbrauner Blitz den Stamm einer Buche hinaufjagte. Sie lächelte und blieb stehen. Aus dem Augenwinkel konnte sie sehen, wie die Gestalt sich näherte. Noch zehn Schritte, dann würden sie sich begegnen. Ella wandte den Blick vom Eichhörnchen ab und schaute wieder geradeaus. Irgendetwas war merkwürdig an diesem Mann. Er trug eine Sonnenbrille und ein Basecap, tief ins Gesicht gezogen. Und er joggte nicht, er lief langsam wie ein Spaziergänger auf sie zu. Noch fünf Schritte. Ella musterte ihn unauffällig. Sein Gesicht und seine Hände waren ganz weiß, wie mit Farbe angemalt. Sie schluckte und setzte sich wieder in Bewegung. Wer wusste schon, was für eigenartige Gestalten hier manchmal unterwegs waren?

Wortlos liefen sie aneinander vorbei. Ella beschleunigte ihre Schritte. Nach ein paar Metern warf sie einen Blick zurück. Der Mann in dem blau-weißen Trainingsanzug lief weiter Richtung Bushaltestelle, ohne sich umzusehen.

Sie atmete auf. Alles halb so wild. Es waren ja gerade auch an anderen Schulen Projekttage, vielleicht spielte irgendeine Gruppe ein Spiel im Wald, *Finde Mr X* oder so was.

Ella zog ihr Handy wieder hervor und kontrollierte Akkustand und Empfang. Alles gut. Irgendwo in der Nähe raschelte es. Ob es hier Wildschweine gab? Bestimmt. Die waren in Berlin ja schon fast zu einer Plage geworden. Sie atmete tief durch und schob den Gedanken an eine Busfahrt zur Seite. Jetzt war sie eben zu Fuß unterwegs.

Nach einigen Minuten machte der Schulzendorfer Weg einen weiten Bogen nach links, während ein schmaler Pfad weiter geradeaus führte. Ella zoomte in die Karte auf ihrem Smartphone hinein und wieder raus. Es sah nach einem Umweg aus, wenn sie weiter auf dem Hauptweg bleiben würde. Unsicher schaute sie auf. Sollte sie also den Trampelpfad nehmen? Hannes und Noah warteten jetzt schon ziemlich lange auf sie. Also wählte Ella die kürzere Variante.

Es dauerte nicht lange, da wurde der Waldboden hügelig, immer wieder kreuzten andere Pfade ihren Weg. Ella konzentrierte sich auf den Standort, den Hannes ihr geschickt hatte. Weit konnte es eigentlich nicht mehr sein. Sie kletterte den nächsten Hügel hinauf, der Weg war unter dem nassen Laub kaum noch zu erkennen. Suchend schaute sie sich um. Am Fuß des Hügels kreuzte ihr Trampelpfad einen etwas breiteren Weg und führte auf der anderen Seite weiter geradeaus, vorbei an mächtigen Tannen tiefer in den Wald.

Ein mulmiges Gefühl breitete sich in Ellas Bauchgegend aus. Vielleicht wäre es doch besser gewesen, auf den Bus zu warten? Hastig lief sie den Hügel hinunter. Die Sohlen ihrer Turnschuhe rutschten über das glitschige Laub, hilflos ruderte sie mit den Armen und landete schließlich unsanft auf dem Rücken.

Ihr Herz begann zu rasen. Sie wollte raus aus diesem Wald! Eine Bewegung rechts von ihr, zwischen den Bäumen, ließ sie zusammenfahren. Ella verdrängte den Gedanken an Wildschweine, rappelte sich auf und wischte die dreckigen Hände achtlos an ihrer Jacke ab. Etwas Blaues blitzte durch die Bäume. Auf dem Weg, der ihren Pfad querte, näherte sich eine Gestalt – mit Sonnenbrille und Basecap, in einem blau-weißen Trainingsanzug!

Ella hielt die Luft an. Das konnte doch nicht sein! Er war in eine ganz andere Richtung gegangen. Wo kam er denn jetzt plötzlich her? Oder gab es mehrere von denen? Ihr Magen verknotete sich. Doch der Mann ging wortlos ein paar Meter vor ihr vorbei. Hatte er sie angeschaut? Durch seine Sonnenbrille konnte Ella unmöglich erkennen, in welche Richtung er sah. Er lief einfach weiter, im gleichen Spaziergängertempo wie vorhin schon, stieg den Weg links von ihr hinauf und verschwand über der Kuppe des nächsten Hügels.

Ella atmete auf und rannte los. Über den Weg und weiter den Trampelpfad entlang, vorbei an den dunklen Tannen. Ein Ast peitschte ihr ins Gesicht, aber sie merkte es kaum. Mit jedem Schritt schlug ihr Rucksack gegen den Rücken und das nasse Laub unter ihren Füßen war wie Schmierseife. Plötzlich rutschte sie weg und knallte auf die Schulter. Keuchend blieb sie einen Augenblick liegen, gerade lange genug, um das Vibrieren in ihrer Jackentasche wahrzunehmen. Es war Hannes. Mit zitternden Fingern nahm sie den Anruf an.

»Wo steckst du?«, fragte er.

Ella hielt die Luft an, damit ihre Stimme nicht zitterte. »Bin gleich da. Noch fünf Minuten.«

Sie kam wieder auf die Füße und atmete tief durch. Ein Blick auf die Karte – sie war tatsächlich in der richtigen Richtung unterwegs. Über ihr jagten noch immer die Wolken über den Himmel, hin und wieder schaffte es auch ein Sonnenstrahl hinunter. Alles gut, bloß nicht verrückt machen lassen!

Ella setzte ganz entspannt einen Fuß vor den anderen. Niemand war hinter ihr her. Sie erklomm einen letzten Hügel. Wenn die Karte auf ihrem Handy stimmte, lag gleich dahinter die BMX-Strecke.

Plötzlich war er direkt vor ihr, sie hatte ihn nicht kommen sehen: der Mann im blau-weißen Trainingsanzug, mit der Sonnenbrille und dem gruselig weißen Gesicht. Auf ihrem Trampelpfad! Ella spürte, wie das Adrenalin durch ihre Adern schoss, doch sie zwang sich, ruhig zu bleiben, und machte einen Schritt zur Seite. Er kam auf sie zu. Das konnte unmöglich Zufall sein. Schmerzhaft grub sie ihre Fingernägel in die Handflächen.

»Hallo«, hörte Ella sich selbst sagen.

»Hallo.« Hatte er unter der weißen Farbe ein Lächeln auf den Lippen? Er ging an ihr vorbei, ohne stehen zu bleiben. So nah, dass sein weiß bemalter Handrücken fast ihre Jacke streifte. Mit federnden Schritten lief er den Hügel hinunter, den sie gerade hinaufgekommen war, und verschwand zwischen den Bäumen. Ella starrte ihm nach. Ihr ganzer Körper schien nur noch aus Adrenalin zu bestehen, aus Adrenalin und Herzschlag. Sie sprang vorwärts, dorthin, wo der Wald weniger dicht war. Hannes und Noah, sie mussten hier irgendwo sein!

Im nächsten Augenblick raste jemand von der Seite auf sie zu. Der Mann, er war also doch hinter ihr her! Sie schrie, riss die Arme hoch, geriet ins Taumeln – und stürzte rückwärts ins nasse Laub.

»Ella!«, brüllte eine bekannte Stimme. »Was machst du denn da?«

Gerade noch rechtzeitig riss Noah den Lenker seines BMX herum. »Du kannst doch nicht einfach auf die Strecke laufen, ohne zu gucken!«

Ella ließ die Arme sinken und starrte ihn an. »Mann, hast du mich erschreckt«, keuchte sie.

»Nein, *du* hast *mich* erschreckt!« Noah streckte ihr die Hand hin. »Was machst du denn hier im Forst? Ich dachte, du kommst mit dem Bus?«

»Dachte ich auch«, murmelte Ella und griff nach seiner Hand.

»Ella? Alles okay?« Hannes kam über die Strecke auf sie zu. »Hast du sie erwischt?«, fragte er Noah entsetzt.

»Nein, bin gerade so noch ausgewichen. Nur ihre Klamotten haben was abbekommen.«

Ella schaute an sich herunter. Hose und Jacke sahen so aus, als wäre sie den ganzen Weg hierher gerobbt. Dass sie schon vor der Beinahe-Kollision mit Noah so ausgesehen hatte, verschwieg sie den beiden besser. Sie klopfte Tannennadeln und Laub von ihrer Hose.

»Habt ihr den Mann gesehen?«, fragte sie wie beiläufig.

»Welchen Mann?« Hannes entfernte ihr den Dreck vom Rucksack.

»Den im blau-weißen Trainingsanzug.«

»Nein. Warum fragst du?« Hannes kniff argwöhnisch die Augen zusammen.

»Ach«, sie winkte ab, »nur so.«

»Ich hab niemanden gesehen«, antwortete Noah und schwang sich wieder auf sein BMX. »Na ja, fast niemanden. *Dich* hab ich zum Glück gesehen, *bevor* ich dich über den Haufen fahren konnte.«

Er drehte noch eine entspannte Runde, während Ella und Hannes zum Startpunkt der BMX-Strecke schlenderten. Langsam ließ das Zittern in Ellas Knien nach.

Noah hielt neben den beiden und setzte seinen Helm ab. »So, ich bin genug gefahren für heute.« Er streckte Ella den Helm hin. »Jetzt bist du dran.«

* * *

Ella hockte auf dem Sofa im Wohnzimmer, das Kinn auf der Lehne abgestützt, und starrte in den grauen Sonntagnachmittag hinaus. Neben ihr ließ Hannes freudig die Fingerknöchel knacken. Er hatte eine neue App entdeckt, mit der man Sturmtiefs live auf dem Handy verfolgen konnte. Und der erste Winterorkan in diesem Jahr hielt direkt auf Berlin zu.

Ella zog die Stirn in Falten und beobachtete, wie die Äste der Birke im Innenhof vom heraufziehenden Unwetter gegen die Fensterscheiben geschlagen wurden. Im Gegensatz zu ihr liebte Hannes jedes Wetter, das nicht aus Sonnenschein und blauem Himmel bestand. Und Ella liebte die Sonne. Warme, sonnige Sommertage und kalte, sonnige Wintertage. Mit Schnee, zugefrorenen Seen und Eisblumen an den Fenstern. Ella seufzte. Der Winter ließ dieses Jahr wieder mal ziemlich lange auf sich warten.

Papa ließ sich neben ihr aufs Sofa fallen und balancierte dabei eine ziemlich volle Tasse Kaffee.

»Wollt ihr auch was trinken?«, fragte er.

»Kaffee?« Ella hob den Kopf und verzog angewidert das Gesicht.

Hannes antwortete gar nicht, völlig in seine App vertieft.

»Nein, irgendwas anderes«, entgegnete Papa und lehnte sich zurück.

»Nö.« Ella stützte wieder ihr Kinn auf der Sofalehne ab und Papa nahm schlürfend einen Schluck aus seiner Tasse. »Weißt du, was ich mich frage?«, meinte Ella nachdenklich.

»Nein. Was denn?«

»Ich frage mich, ob die Bäume im Herbst gern ihre Blätter abgeben?«

»Bäume können nicht denken«, brummte Hannes.

Ella beachtete ihn nicht, sondern drehte sich zu

Papa um. Der lächelte und rückte sich mit der freien Hand ein Kissen hinter dem Rücken zurecht.

»Na ja«, meinte er, »grundsätzlich hat Hannes ja recht. Bäume können nicht so denken wie wir. Aber wenn wir mal annehmen, sie könnten es – was glaubst du denn? Meinst du, sie geben gern ihre Blätter ab?«

Ella legte den Kopf zur Seite und musterte Papa. »Ich glaube nicht«, antwortete sie schließlich.

»Also *ich* glaube«, Papa nahm einen weiteren Schluck Kaffee, »sie geben ihre Blätter gern ab. Manche Blätter vertrocknen über den Sommer, sie werden schmutzig oder von Schädlingen befallen. Im Herbst kann der Baum alle gebrauchten Blätter loswerden und sich auf den Frühling freuen.«

»Aber vielleicht wollen die Bäume ihre gebrauchten Blätter ja gar nicht loswerden? Vielleicht fallen sie einfach runter und die Bäume können nichts dagegen tun? Und woher sollen sie wissen, dass sie im Frühling neue Blätter bekommen?«

»Du stellst Fragen!«, warf Hannes belustigt ein.

Papa ließ sich von ihm nicht irritieren. »Ich denke, die Bäume vertrauen da Gott, ihrem Schöpfer, denn er hat versprochen, dass der Wechsel der Jahreszeiten nicht aufhören wird. Jeder Frühling ist ein neuer Anfang für die Bäume. Da werden sie ihr gebrauchtes Laub im Herbst doch gern los. Wenn du mit dreckigen Hosen nach Hause kommst, wirst du die doch auch gern los, weil du sicher sein kannst, dass jederzeit eine frische Hose im Schrank liegt. Wenn du einen gebrauchten Tag hattest, so richtig einen zum Vergessen, bist du doch auch froh, abends ins Bett gehen zu können, um am nächsten Morgen einen neuen Tag zu beginnen, oder?«

»Ja«, seufzte Ella. »So wie Donnerstag, als ich mit Kiki gestritten hab …«

»Weißt du«, fuhr Papa fort, »das ist das Tolle an Gott. Er verspricht uns, dass wir jederzeit noch mal von vorn anfangen können. Egal wie dreckig, vertrocknet oder zerfressen wir uns gerade fühlen. Wir können die gebrauchten Tage, Erlebnisse und Begegnungen einfach bei ihm abgeben.«

»Und bekommen immer wieder die Möglichkeit, neu zu starten«, vollendete Ella den Gedanken.

»Mist!«, entfuhr es Hannes. »Mein Handy hat sich aufgehängt.« Er wischte wie wild über das eingefrorene Display.

Papa und Ella schauten sich an.

»Dann musst du wohl mal neustarten«, meinte Ella und grinste.

***

Die Bäume rückten eng zusammen, als wollten sie Ella nicht vorbeilassen. Mühsam stapfte sie durchs Dickicht. Das nasse Laub unter ihren Schuhen fühlte sich an wie zäher Schlamm, sie konnte kaum die Füße heben. Der Himmel war ganz grau und die Wolken hingen so tief, dass sie über die knorrigen Finger der Bäume streiften.

Da, eine Bewegung! Eine blaue Gestalt hinter den undurchdringlichen Bäumen. Da stand der Mann in seinem blau-weißen Trainingsanzug und schaute in ihre Richtung. Die Brille, die er trug, hatte keine Gläser und Ella konnte seine Augen genau sehen. Er stand nur da und starrte sie an, mit ganz schwarzen Augen, eingerahmt von diesem weißen Gesicht.

Ella wollte schreien, doch sie bekam keinen Ton heraus.

Sie rannte los, aber das Laub unter ihren Füßen war auf einmal wie ein Sumpf, sie kam nicht vom Fleck. Sie rannte und rannte und bewegte sich dabei keinen Zentimeter. Und die Bäume ließen sie nicht vorbei. Die Bäume, hinter denen er stand, der Mann mit dem Trainingsanzug und dem Basecap. Da stand er und starrte und seine Hände waren weiß, ganz weiß. Genau wie sein Gesicht. Nur seine Augen nicht, seine Augen waren schwarz und sein Blick ließ sie nicht los …

Ein dumpfes Poltern ließ Ella hochfahren. Ihr Herz raste. Es war nur ein Traum! Sie blinzelte in ihr dunkles Zimmer und versuchte, sich zu beruhigen. Nur ein Traum. Sie schloss die Augen wieder, doch sofort sah sie dieses gruselige Gesicht vor sich. Ella tastete nach ihrer Nachttischlampe und tippte einmal auf den Fuß aus Metall. Schummriges Licht erfüllte den Raum und augenblicklich fühlte Ella sich besser. Welchen Unterschied doch ein wenig Licht in der Dunkelheit machte! Sie tippte ein zweites Mal und das Licht wurde noch ein bisschen heller. So war es gut. Das Poltern war von draußen gekommen. Vermutlich eine leere Mülltonne, die der Sturm umgestoßen hatte.

Ella atmete tief durch und ließ den Kopf wieder aufs Kissen sinken. Das beklemmende Gefühl aus ihrem Traum verschwand langsam. Sie schaute zur Zimmerdecke hoch. Warum war das Gesicht des Mannes eigentlich weiß angemalt gewesen? Sofort verscheuchte sie den Gedanken an die Begegnung im Tegeler Forst. Einfach nicht mehr dran denken!

Ihr Handy lag auf dem Nachttisch, Ella schaltete das Display an. Es war 03:20 Uhr. In drei Stunden musste sie aufstehen. Sie tippte ein drittes Mal auf den Fuß der Lampe und jetzt erstrahlte der ganze Raum in warmem Licht. Noch einmal und das Licht erlosch. Sofort war das Gefühl aus ihrem Traum wieder zum Greifen nah. Ella rollte sich auf die Seite und zog ihre Decke über den Kopf. Drei Stunden Schlaf hatte sie nur noch. Und nach der Schule war Tanztraining für die Aufführung in zwei Wochen. Ach ja, und sie musste unbedingt noch mit Kiki reden!

Bäume, die sie nicht vorbeilassen wollten. Und dieses Gesicht ... Die Bilder aus dem Traum vermischten sich mit ihren Gedanken. Sie konnte dieses weiße Gesicht einfach nicht vergessen! Die Dunkelheit machte sie verrückt. Ella schlug die Decke zurück und schaltete das Licht wieder an, nur auf der niedrigsten Stufe. Aber das behagliche Leuchten ließ sofort die Bilder aus ihrem Kopf verschwinden. Sie drehte sich zur Wand und schloss die Augen.

⋆⋆⋆

»Hannes! Leg bitte das Handy weg.«

Mama lehnte mit einem Espresso in der Hand an der Spüle und warf einen ärgerlichen Blick zum Tisch herüber. Hannes saß tief über sein Smartphone gebeugt, während die Milch von seinem Cornflakes-Löffel auf die Tischplatte tropfte.

»Du vergisst zu essen, vor lauter Sturm«, grinste Ella und biss in ihr Nutellabrot. Draußen heulte der Wind durch den Hinterhof.

»Jaja«, gab Hannes genervt zurück, schaltete das Display aus und schaufelte sich den Rest seiner aufgeweichten Cornflakes in den Mund. »Heute kommt er«, stieß er zwischen den Zähnen hervor.

»Wissen wir«, erwiderte Ella und wischte sich die Krümel von den Lippen.

»Habt ihr denn gut geschlafen?«, erkundigte Mama sich.

»Klar!« Hannes trank die restliche Milch aus der Schüssel. »Ich bin noch mal im Bad«, fügte er hinzu und stand auf.

»Ich hab nicht so gut geschlafen«, gab Ella zu.

»Wegen des Sturms?«, fragte Mama.

»Nein. Ich hab schlecht geträumt.«

»Möchtest du darüber reden?« Mama ließ sich auf dem Stuhl neben Ella nieder.

»Na ja«, druckste Ella. »Ich hab von dem Mann aus dem Tegeler Forst geträumt.«

»Von welchem Mann?« Auf Mamas Stirn entstand eine Sorgenfalte.

»Als ich am Freitag durch den Wald zur BMX-Strecke gelaufen bin, ist mir dreimal so ein komischer Mann entgegengekommen. Der hatte einen Trainingsanzug an und sein Gesicht und seine Hände waren weiß angemalt«, sprudelte es aus Ella heraus. »Und ich konnte seine Augen nicht sehen, er hatte eine Sonnenbrille auf.«

Mama nickte. »Das klingt ja wirklich ziemlich komisch. Und von ihm hast du heute Nacht geträumt?«

»Hm.« Ella trank ihren Kakao leer. »Und jetzt hab ich ein bisschen Angst, dass ich sein gruseliges Gesicht irgendwo wiedersehe.«

»Warum hast du nichts erzählt von dem Typen?«, fragte Hannes von der Küchentür her.

»Ich ... ich wollte nicht albern sein«, erklärte Ella kleinlaut. »Ich dachte, ihr lacht darüber.«

»Hat er irgendwas gemacht? Oder hat er was gesagt?«, bohrte Hannes nach.

»Nur *Hallo*.«

»Er hat dich *angesprochen*?«, brauste Hannes auf.

»Nein, *ich* hab ihn gegrüßt, als er mir zum dritten Mal begegnet ist. Da hat er zurückgegrüßt.«

»Wieso hast du einen Verrückten gegrüßt?!«, fragte Hannes entsetzt.

»Wir möchten niemanden aufgrund seines Äußeren verurteilen«, warf Mama ein. »Wir wissen doch gar nicht, warum er so aussah. Aber vielleicht können wir uns grundsätzlich darauf einigen, dass du nicht alleine durch den Forst läufst, in Ordnung? Mir wäre es ganz recht, wenn du nicht irgendwo im Wald rumstiefelst und keiner weiß davon.« Sie legte Ella den Arm um die Schulter und drückte sie an sich. »Und mach dir keine Sorgen, wahrscheinlich wirst du diesem Mann nie wieder begegnen.«

»Bist du fertig, Ella?«, rief Papa aus dem Flur.

Wegen einer Großbaustelle war die Straße direkt vor seiner Firma gesperrt und auf der Umleitung zur Arbeit kam er an Ellas Schule vorbei. Normalerweise fuhr Ella mit dem Bus, aber sie war ganz froh darüber, dass sie sich das momentan sparen konnte. Sie ließ ihre rote Brotdose in den Rucksack gleiten und griff sich noch einen Apfel aus der Obstschale. Da sie heute ja Tanztraining hatte, konnte etwas Extraproviant nicht schaden. Mama stand schon an der Küchentür, eine Hand am Türrahmen. Die andere streckte sie nach Ella aus. Jeden Morgen verabschiedete ihre Mutter sie mit einem Segen aus dem Haus. Manchmal war es ein Spruch, ein Liedtext oder ein Satz aus der Bibel.

»Dieser Tag gehört unserem Gott.« Mama zog

Ella zu sich. »Mach dir keine Sorgen, denn er umgibt dich wie eine schützende Mauer.«

Noch eine kurze Umarmung, dann stürmte Ella auch schon aus der Küche, angelte ihre Jacke vom Haken und schlüpfte in ihre Schuhe.

»Startklar?«, fragte Papa.

»Ja.« Ella ging voran, zur Wohnungstür hinaus. »Tschüss!«, rief sie noch über die Schulter und sprang die Treppe hinunter.

Schwarz wie die Nacht

Das grelle Piepen des Diebstahlalarms ließ Hannes zusammenfahren. Ratlos sahen er und Noah sich an. Im Eingangsbereich des Einkaufszentrums stand noch der große goldene Weihnachtsbaum, in dessen Kugeln sich jetzt hundertfach das rote Licht des Alarms spiegelte.

»Junger Mann!« Ein Sicherheitsbeamter des Sportgeschäfts kam auf Noah zu und deutete in den Laden. »Würdest du bitte mitkommen?«

Wortlos folgte Noah der Aufforderung, Hannes schloss sich ihnen an.

»Hast du was gekauft?«, fragte der Mann über die Schulter.

»Nein«, antwortete Hannes.

»Dann kannst du hier warten«, fuhr der Mann fort. »Ich will nur ihn überprüfen.« Er deutete zu Noah hinüber.

»Wieso?«, fragte Hannes.

»Weil ...« Der Sicherheitsbeamte blieb stehen und schaute halb irritiert, halb verärgert zwischen Hannes und Noah hin und her.

»Woher wollen Sie wissen, dass ich nichts gestohlen hab?«, setzte Hannes nach.

Noah sah ihn kopfschüttelnd an und seine Lippen formten ein lautloses »Lass das!«.

Der Mann in Uniform seufzte. »Kann ich bitte den Kassenzettel sehen?«, fragte er an Noah gewandt.

»Klar.« Noah zog ihn aus der Papiertüte.

»Rucksack.« Mit einem Nicken forderte der Mann Noah auf, seinen Rucksack zu öffnen. Demonstrativ streifte Hannes seinen Rucksack vom Rücken und öffnete ihn ebenfalls. Der Beamte warf einen Blick in beide, doch außer einem Durcheinander an Büchern, Heften und anderem Schulkram konnte er nichts Verfängliches entdecken.

»Ist okay«, brummte er und nickte zur Tür.

Wortlos schlurften Hannes und Noah zum Ausgang. Wieder piepte der Alarm. Genervt wandte Hannes sich um, doch der Sicherheitsmann winkte ab.

Die Verkäuferin vom Pralinengeschäft nebenan stand mit verschränkten Armen an der Tür und warf ihnen einen giftigen Blick zu. »Biste ja wieder davongekommen, wa?«

»Wieder?«, fragte Hannes irritiert, doch sie schüttelte nur energisch den Kopf und fuchtelte mit dem Finger in Noahs Richtung. »Wissen doch alle, das ihr klaut wie die Raben«, keifte sie. »Na ja, ihr seid ja auch fast genauso schwarz.«

»Was fällt Ihnen ein …«, setzte Hannes an, doch Noah zog ihn weiter.

»Hör auf, ich mag jetzt nicht mit der diskutieren.« Er schob Hannes durch die Drehtür ins Freie.

Der Sturm hatte inzwischen seine ganze Kraft entfaltet und nahm Hannes einen Moment lang die Luft zum Atmen.

»Komm!«, schrie Noah gegen den Wind an. »Lass uns runter zur U-Bahn gehen.«

Sie stemmten sich gegen den Orkan. Mit beiden Händen packte Noah die Papiertüte mit dem Sporttrikot, damit der Sturm sie ihm nicht entreißen konnte.

Unten an der U-Bahn-Treppe roch es nach einer Mischung aus Abgasen und Urin. Das gelbe Licht ließ den gefliesten Gang ungepflegter erscheinen, als er tatsächlich war.

Hannes löste die verkrampften Finger, mit denen er seine offene Jacke umklammert hatte. Zwei Typen in schwarzen Lederklamotten überholten sie. Ihr Hund stemmte alle vier Pfoten in den Boden und zog winselnd den Schwanz ein, als unter ihnen eine U-Bahn heranrauschte. Warme, stickige Luft wehte durch den Gang.

»Danke für eben«, meinte Noah und ging, ohne eine Antwort abzuwarten, in Richtung der Gleise.

Der Bahnsteig war voll mit Pendlern, die in den Feierabend fuhren. Auf der Digitalanzeige stand die Wartezeit bis zur nächsten Bahn. Noch drei Minuten.

Hannes setzte seinen Rucksack ab und zog die Trinkflasche hervor. Kalter Früchtetee, er verzog den Mund. Beim Zurückpacken fiel sein Blick auf ein kleines Geschenk zwischen den Büchern. Stimmt, das hatte er ganz vergessen, ein verspätetes Weihnachtsgeschenk von seinem Musiklehrer. Hannes zog es heraus und riss das Papier ab. Zum Vorschein kam eine CD. Sie war in Folie eingeschweißt und auf der Rückseite klebte noch ein Plastikstreifen mit aufgedrucktem Barcode – der Diebstahlschutz. Hannes biss sich auf die Lippe und streckte Noah die CD hin. »Guck mal«, meinte er kleinlaut, »deswegen hat der Alarm gepiept im Sportgeschäft.«

Noah hob nur wortlos die Hände und Hannes stopfte Geschenkpapier und CD zurück in seinen Rucksack. Hinter ihnen rollte die U-Bahn heran.

* * *

»Ah, Herr Windvogel, ich komm schnell noch mit.« Die neue Assistentin der Geschäftsleitung schob ihren Aktenkoffer in die sich schließende Fahrstuhltür.

Ellas Vater drückte den Knopf, der die Türen

wieder aufgehen ließ. Die junge Frau im schwarzen Hosenanzug schob sich in die Kabine und stellte sich neben ihn. Durch die geöffneten Türen und die große Fensterfront des Büros konnten sie die hell erleuchtete Großbaustelle vor dem Gebäude sehen. Der Sturm zerrte an der Baustellenabsperrung.

»Sie können gern *Carsten* sagen.« Er nickte ihr zu.

»Louisa.« Die junge Frau hob die Hand zum Gruß. »Was für ein Wetter heute«, seufzte sie. »Und ich bin mit einer Mitfahrgelegenheit hergekommen.«

»Genau das Richtige für meinen Sohn«, erklärte Carsten lachend. »Je stürmischer, desto besser.«

»Ein geborener Windvogel sozusagen«, schmunzelte Louisa.

»Allerdings!« Carsten betätigte den Knopf, der die Fahrstuhltüren schließen sollte. »Ich kann dich noch ein Stück mit dem Auto irgendwohin mitnehmen«, bot er an und hob den Kopf.

Draußen erfasste eine Sturmbö den gelben Baustellenkran und brachte ihn bedrohlich zum

Schwanken. Dann schlossen sich die Türen und der Fahrstuhl surrte Richtung Erdgeschoss.

* * *

Ein Mann mit einem Stapel Obdachlosenzeitungen bahnte sich seinen Weg durch den Waggon. Hin und wieder blieb er stehen und suchte Augenkontakt zu den Passagieren, um jemandem eine Zeitung verkaufen zu können. Die meisten Leute beachteten ihn nicht.

Hannes und Noah hatten zwei freie Plätze ergattert, direkt gegenüber saßen die zwei Typen in ihren schwarzen Lederklamotten mit dem Hund. Hannes musterte sie aus dem Augenwinkel, während er den Kopf Richtung Fenster gedreht hatte. Draußen gab es nichts zu sehen außer Neonlampen, die in regelmäßigen Abständen an der Tunnelwand hingen. Das Rattern der alten Wagen übertönte die Gespräche der Fahrgäste.

Es waren gar nicht zwei Männer, sondern ein Mann und eine Frau. Sie trug einen Undercut: Ihre Haare waren an den Seiten abrasiert und den Rest hatte sie zu einem kurzen Zopf am Hinterkopf zusammengebunden. Unter ihrer halb offenen Lederjacke konnte Hannes über dem Kragen ihres schwarzen Band-Shirt ein Tattoo erkennen, das ihren Hals zierte. Genau wie die Handrücken des Mannes, der die Hundeleine hielt. Hannes linste hinunter. Es waren Skeletthände. Er verschränkte die Arme und starrte wieder zum Fenster hinaus. Nur noch vier Stationen.

Der Obdachlose war an ihrem Sitz angekommen und hob demonstrativ die Zeitungen hoch. »Guten Abend, entschuldigen Sie die Störung! Möchten Sie vielleicht eine *Motz* kaufen?«

»Ich nehm eine«, sagte die Lederjackenfrau und ließ einige Münzen in die geöffnete Hand des Verkäufers fallen. »Der Rest ist für Sie. Ich hoffe, Sie haben einen warmen Platz für die Sturmnacht!«

Dankend steckte der Mann das Geld weg und reichte ihr eine Zeitung.

Die Bahn stoppte am nächsten Bahnsteig. Einige Leute, darunter auch der Obdachlose, stiegen aus. Der Waggon leerte sich etwas, zügig setzte sich die U-Bahn wieder in Bewegung.

Hannes starrte weiter aus dem Fenster, hinter dem es nichts zu sehen gab, da stupste etwas gegen sein Schienbein. Der Hund hatte es sich auf dem dreckigen Boden gemütlich gemacht und schaute hechelnd zu ihm hoch. Inzwischen war er wieder ganz entspannt. Es war ein Mischlingshund, dem das kurze struppige Fell nach allen Seiten abstand. Wieder stupste er mit seiner feuchten Hundeschnauze gegen Hannes' Unterschenkel und schaute ihn an.

»Der tut nix«, meinte die Frau an Hannes gewandt.

Hannes lächelte und nickte. Es war ein Nachtfalter mit ausgebreiteten Flügeln, das Tattoo auf ihrem Hals. Er wandte sich wieder ab und starrte in den Tunnel. Gerade bremste die Bahn herunter und man konnte einen zweiten Tunnel mit Gleisen erkennen, der hier abzweigte. Der Abstand zwischen den Neonlampen schien jetzt viel größer zu sein, da die Bahn langsamer an ihnen vorbeifuhr. Lampe, Pause, Lampe, Pause, Lampe, Pause, Pause, Pause. Kurz flackerte das Licht in der U-Bahn auf, der Fahrer bremste noch weiter herunter, bis auf Schritttempo. Pause, Pause, Pause. Keine Lampen mehr im Tunnel. Wahrscheinlich kamen sie gleich am nächsten Bahnhof an. Doch dann blieb die Bahn stehen, mitten im Tunnel. Nichts zu sehen draußen. Hannes musterte das Spiegelbild des Mannes mit den Skeletthänden im Fenster. Der Mann wandte den Kopf und ihre Blicke trafen sich. Erschrocken schaute Hannes weg. In seiner Tasche vibrierte sein Handy, es war die Katastrophen-Warn-App. Rot blinkte eine Meldung auf dem Display auf: *Sturmtief über Berlin.*

⋆⋆⋆

»Na, meine Trödeltanten?« Die Stimme ihrer Tanzlehrerin Sabine scholl durch die Umkleidekabinen. »Ich würde gern abschließen.« Sie klapperte mit dem Schlüsselbund.

»Jaha!«, rief Ella und betätigte die Toilettenspülung. »Gleich.«

»Ich geh schon ins Foyer«, meinte Sabine.

Ella stieß die Tür der Toilette auf. In der Umkleide stand Kiki vor ihrem Spind und pfefferte ein Teil ihrer Sportsachen nach dem anderen hinein. Wortlos trat Ella ans Waschbecken und drehte den Hahn auf. Das Wasser war ziemlich kalt. Sie musterte sich im Spiegel, rümpfte die Nase und verzog den Mund. Ihre Lippen waren schon wieder so spröde und trocken von der Winterluft. Sie stellte den Wasserhahn ab.

»Kiki?«

»Hm.«

Ella schüttelte das Wasser von ihren Händen und griff nach den Papierhandtüchern. »Bist du noch sauer wegen Donnerstag?«

Keine Antwort.

Ella ließ das nasse Papier in den übervollen Mülleimer fallen und drehte sich zur Umkleide um. Im nächsten Moment war alles schwarz. Entsetzt sprang Ella vorwärts und stieß gegen eine Bank. »Kiki!«, schimpfte sie und hielt sich stöhnend den Zeh. »Lass das! Mach das Licht an!«

»Ich hab's nicht ausgemacht!«, gab Kiki ärgerlich aus der Dunkelheit zurück.

Dann flammte eine Handytaschenlampe auf.

»Alles okay?«, fragte Kiki und leuchtete in Ellas

Richtung, sodass Ella nur ein großes weißes Licht sah.

»Ja.« Sie hob die Hand, um ihre Augen abzuschirmen.

Kiki griff nach ihrem Rucksack und ging zur Tür.

»Kannst du bitte auf mich warten?« Hastig warf Ella die Tür ihres Spinds zu und zwängte den schmerzenden Zeh in ihren Sneaker.

Draußen auf dem Flur stand Kiki und leuchtete im Gang umher, Ella konnte nur ihre schwarzen Umrisse erkennen. Sie schnappte sich ihre Tasche und hetzte zur Tür.

Kiki hakte sich bei Ella unter. »Das Licht geht bestimmt gleich wieder an«, meinte sie ziemlich laut.

Ella beschleunigte ihre Schritte. Die Dunkelheit ließ ein gruseliges Gefühl in ihr aufkommen – das Gefühl, beobachtet zu werden. Von schwarzen Augen aus einem weißen Gesicht. »Komm!«, murmelte sie und zog an Kikis Arm.

Sie hasteten die Treppe zum Foyer hinauf. Auch hier war es stockdunkel, kein Lichtstrahl drang durch die Glastüren von draußen herein. Als hätte jemand eine schwarze Decke über das ganze Gebäude geworfen. Kiki stolperte, das Handy fiel ihr aus der Hand und rutschte über den Parkettboden. Das Licht erlosch, nur ein schmaler Leuchtstreifen verriet, wo Kikis Telefon lag.

»Sabine?«, rief Kiki und ihre Stimme klang ein bisschen heiser.

»Heb dein Handy auf!«, bat Ella.

Zögerlich löste Kiki ihren Arm von Ellas und eilte zum Leuchtstreifen hinüber. Ein Windstoß fegte durch den Eingangsbereich der Tanzschule, die Glastüren schlugen auf und zu.

»Sabine?«, rief Kiki wieder, diesmal lauter, und leuchtete Richtung Tür.

»Mädels? Alles okay?«, kam eine Antwort vom Eingang her.

»Ja!«, antworteten beide gleichzeitig und stürzten vorwärts.

Sabine schloss hinter den beiden ab. Draußen zerrte der Sturm so sehr an ihnen, dass Ella Mühe hatte, auf den Beinen zu bleiben.

»Der Strom ... sicher gleich wieder da. Bestimmt

hat … Sturm eine Leitung gekappt!«, rief Sabine, der Wind trug die Hälfte ihrer Worte fort.

Ella kniff die Augen zusammen.

»Soll ich euch zum S-Bahnhof fahren?«, fragte Sabine und musste dabei fast schreien.

Ella und Kiki wechselten einen kurzen Blick.

»Ja.« Kiki nickte.

In Sabines Auto war es angenehm warm und windstill. Langsam rollten sie vom Hof auf die Straße. Die Scheinwerfer der Autos waren die einzige Lichtquelle. Keine Straßenlaternen, keine Ampeln, kein Licht hinter den Fenstern der Wohnungen und Geschäfte. Alles war in gespenstische Dunkelheit getaucht. Im Schritttempo schoben sich die Autos über die Kreuzung.

»Sicher kommt gleich die Polizei und regelt den Verkehr«, meinte Sabine und setzte den Blinker, um auf die Linksabbiegerspur zu kommen. Im nächsten Augenblick krachte es, gefolgt von einem grässlichen, metallischen Knirschen. Sabines Auto machte einen Satz nach vorn, wieder krachte es. Kiki schrie auf. Hart wurde Ella gegen den Fahrersitz geschleudert, der Sicherheitsgurt schnitt ihr in den Hals. Noch einmal krachte es und Sabines Auto erbebte. Dann war alles still, nur irgendwo hinter ihnen hupte eine Alarmanlage und in Ellas Ohren dröhnte es, laut wie ein Presslufthammer.

* * *

Hannes warf einen Blick auf sein Smartphone. Die Bahn stand nun bereits seit fünfzehn Minuten im Tunnel.

»Mega schlechter Empfang hier unten«, meinte Noah und deutete auf sein Handydisplay.

Seine Nachrichten-App wollte einfach nicht richtig laden. Dort, wo normalerweise die neusten Neuigkeiten zu lesen waren, drehte sich nur ein blauer Kreis vor einem weißen Hintergrund.

Es knackte in der Lautsprecheranlage. »Sehr geehrte Fahrgäste ...«

»Scht!«, machte ein Mann im Anzug und winkte heftig zu einem Touristenpärchen hinüber, das sich laut lachend auf Englisch unterhielt.

»Wegen einer technischen Störung kommt es

zu einer Verzögerung im Betriebsablauf. Wir bitten Sie um Geduld.« Wieder knackten die Lautsprecher. Stille.

»Typisch nichtssagend«, brummte der Mann gegenüber von Noah genervt.

Weiter vorn im Waggon klingelte ein Handy.

»Hast du Empfang?«, fragte Noah.

Hannes schüttelte den Kopf.

»Es gab einen Stromausfall«, erzählte jemand auf der Bank neben ihnen.

»Kann gar nicht sein. Wieso brennt dann hier Licht?«

»Die Berliner Verkehrsbetriebe haben eine eigene Stromversorgung, schon vergessen?«

»Sicher der Sturm«, mutmaßte ein anderer.

»Alter, geht's hier bald mal weiter?!«, brüllte jemand weiter vorn.

»Halt den Rand!«, brüllte einer zurück.

Die Lautsprecheranlage knackte erneut. »Bitte bleiben Sie auf Ihren Plätzen. Wir bemühen uns, die Störung so schnell wie möglich zu beheben.«

»Dann gibt's ja Hoffnung, dass wir hier vor Mitternacht raus sind!«, rief der Mann im Anzug.

Die Umstehenden lachten.

»Kennst du die Großbaustelle an der B96?« Die Fahrgäste auf der Bank nebenan setzten ihr Gespräch fort.

»Hinter der *Resi*?«

»Angeblich ist ein Kran in die Baugrube gestürzt und hat das Hauptkabel der Stromversorgung gekappt.«

»So ein Quatsch, wo hast du das denn her?«

»Kam gerade als neuste Meldung.«

»Du hast hier unten Empfang?!«

Hannes setzte sich auf. Er kannte diese Baustelle an der Haltestelle *Residenzstraße* auch, sie lag direkt vor der Firma seines Vaters und der würde jetzt gerade auf dem Heimweg sein. Hoffentlich war alles in Ordnung! Inzwischen stand die Bahn schon zwanzig Minuten im Tunnel und Hannes würde gern mal checken, ob er Anrufe oder Nachrichten bekommen hatte.

»Ich brauch dringend frische Luft!« Eine junge Frau an der Tür vor ihnen fächelte sich mit der flachen Hand Luft zu.

»Die Klimaanlage ist doch an«, meinte ihre Begleiterin leise. »Wir sind bestimmt gleich raus hier.«

»Ich glaube, ich halte das nicht aus!« Sie lehnte ihre Stirn gegen die Türen. Hinter ihr schaltete ein Jugendlicher seine Musikbox ein. Dumpfer Bass dröhnte durch den Waggon.

»Mach das aus!«, fuhr der Mann im Anzug ihn an.

»Hast du ein Problem, Alter? Willst du Stress?« Gefährlich baute der Jugendliche sich vor ihm auf. »Hm? Stress? Ich hör meine Mucke, wo ich will!«

Hannes und Noah wechselten einen besorgten Blick.

»Ich muss hier raus!« Die Frau an der Tür fuhr sich nervös durch die Haare.

»Raste nicht aus, Mann!«, herrschte der Jugendliche mit der Musikbox sie an und streckte die Hand aus.

»Fass mich nicht an!«, kreischte die Frau.

Ihre Begleiterin schubste den jungen Mann weg.

»Alter, geht's noch?!« Unsanft drängte er sie gegen die Tür.

Der Mann mit den Skeletthänden erhob sich,

packte den Jugendlichen bei der Schulter und drehte ihn zu sich um. Ganz nahe kam sein Gesicht dem des anderen, sodass sich ihre Nasen fast berührten.

»Setzen!«, sagte der Mann in der Lederkluft in einem Ton, der keine Widerrede duldete. »Musik aus!«

Der Bass verstummte. Im Waggon war es auf einmal totenstill. Gut zwei Duzend Augenpaare waren auf die beiden gerichtet. Der Jugendliche schüttelte die Hand mit dem Skelett-Tattoo ab und ließ sich auf den Klappsitz an der Tür sinken, jedoch ohne den Blick zu senken.

Es knackte. »Werte Fahrgäste ...«, erklang die Stimme des Zugführers aus den Lautsprechern. »Bitte bleiben Sie auf Ihren Plätzen. Bitte verlassen Sie auf keinen Fall die Bahn! Wir arbeiten daran, die Störung zu beheben.«

»Ich halte das nicht aus«, schluchzte die Frau an der Tür und riss den Notfallhammer aus seiner Halterung. Knirschend zersprang das Sicherheitsglas der Türen.

***

»Ella, Kiki, alles okay?«

Ella schüttelte verwirrt den Kopf, um das dumpfe Gefühl loszuwerden. Was war passiert? Es war dunkel im Auto, von draußen drang nur wenig Licht durch die Scheiben. Ella konnte kaum etwas erkennen, bunte Flecken tanzten vor ihren Augen. Kalt fuhr der Wind durch das Wageninnere. Ella fröstelte. »Kannst du die Tür zumachen, Kiki?«

Keine Antwort.

»Kiki?« Ella tastete nach ihrer Freundin, die neben ihr sitzen musste.

Der Platz war leer. Sie versuchte, den Anschnallgurt zu lösen, aber er klemmte. Panisch zerrte sie an der Schnalle.

»Ella!«, hörte sie Sabines Stimme vom Vordersitz. »Bleib bitte sitzen. Ella!«

Der Gurt gab nach. Ella krabbelte zur offenen Tür hinüber. In einiger Entfernung standen Leute mit Taschenlampen, Ella konnte ihre Schuhe sehen. Vor ihr saß Kiki zusammengekrümmt auf dem Asphalt, die Arme um den Brustkorb geschlungen.

»Kiki, was ist los?« Entsetzt kletterte Ella aus dem Wagen.

»Ich krieg keine Luft!«, japste Kiki.

»Ella, Kiki!«, rief Sabine panisch. »Bitte kommt wieder ins Auto! Hier drinnen ist es sicherer!«

Ella achtete nicht auf sie. Suchend sah sie sich um. Was war denn bloß passiert?

Nur beleuchtet vom schwachen Licht entfernter Autoscheinwerfer bot sich ihr ein gruseliger Anblick. Direkt unter der erloschenen Ampel, die im Sturm bedrohlich schwankte, standen mehrere Fahrzeuge ineinander verkeilt. Ein von hinten heranrasender Transporter hatte die Autos zusammengeschoben wie eine Müllpresse. Die Kofferraumklappe von Sabines altem Opel war aufgerissen und hatte sich in die Heckscheibe gebohrt – bis knapp hinter den Rücksitz. Ella schluckte. Das hätte auch anders ausgehen können ...

Er umgibt dich wie eine schützende Mauer, klangen Mamas Worte in ihren Ohren nach.

Ella hievte Kiki zurück auf den Sitz. Im Auto

würde Kiki bestimmt besser Luft bekommen als in einem tobenden Orkan.

»Pass auf!«, jammerte Kiki.

»Gleich kommt ein Krankenwagen!«, rief jemand in der Nähe.

»Und wie soll der hier durchkommen?«, fragte ein Mann, der mit seiner Taschenlampe die Straße entlangleuchtete. Mit raschen Schritten näherte er sich Sabines Auto. »Alles gut bei euch?« Besorgt beugte er sich hinunter und ließ den Lichtkegel durch den Wagen schweifen.

Sabine drehte sich vom Fahrersitz um, wie ein zusammengeknautschter Sack hing der Airbag aus dem Lenkrad. Ellas Tanzlehrerin war ziemlich blass um die Nase, doch sie versuchte zu lächeln. »Ja, alles gut. Mädels, wir müssen gleich mal eure Eltern anrufen.« Sie hustete.

Der Mann verzog keine Miene. »Hat 'nen Stromausfall gegeben«, erklärte er, ohne gefragt worden zu sein.

Schon klar, dachte Ella. *Sieht man ja.*

»In Tegel und Reinickendorf«, fuhr er fort. »Vielleicht sind auch Wittenau und Gesundbrunnen betroffen.« Er richtete sich auf und trommelte mit den Fingern auf das Autodach. Dann beugte er sich wieder herunter. »Wird ein Weilchen dauern, bis die Rettungskräfte da sind. Überall Chaos. Hab mein Auto hier in der Seitenstraße stehen. Ich kann euch schnell zur Notaufnahme fahren.« Er nickte hinaus in die Dunkelheit.

»Bitte, machen Sie sich keine Umstände!«, widersprach Sabine und schnallte sich ab. Sie wollte aussteigen, doch die Tür klemmte.

»Die Mädels müssen aber durchgecheckt werden«, hielt der Mann dagegen. »Und Sie auch.«

Sabine stöhnte und massierte sich mit einer Hand die Schläfe, mit der anderen rüttelte sie an der Autotür. »Schon, aber der Unfall ... Ich kann doch hier nicht weg.«

»Ich möchte hier weg«, schniefte Kiki.

»Sag ich doch«, bekräftigte der Fremde.

»Kiki, Ella! Es wäre besser, ihr würdet hierbleiben.« Sabine drehte sich noch ein Stück weiter zu Ella um. Ihr Blick wanderte durch den Wagen, ohne an Ellas Gesicht hängen zu bleiben. Sie schien ziemlich durcheinander zu sein.

»Ist schon in Ordnung«, entgegnete Ella und kletterte rückwärts wieder raus aus dem Auto. Der Mann zog Kiki von der Rückbank hoch.

»Ich glaube, Kiki geht es nicht gut«, meinte Ella an Sabine gewandt. »Vielleicht ist es besser, sie geht zum Arzt. Ich bleib bei ihr und ruf auch gleich zu Hause an.«

Weit und breit waren keine Rettungskräfte zu sehen, nur Autos, diskutierende Menschengruppen und vereinzelt Fahrradfahrer auf dem Fußweg. Vielleicht wäre es besser, der Mann würde auch Sabine gleich mit zum Arzt nehmen? Ella drehte sich zu ihm um, aber er war mit Kiki bereits auf der anderen Straßenseite. »Ich bin gleich wieder da!«, warf sie über die Schulter und sprintete hinterher. Jeder Schritt verstärkte das dumpfe Gefühl in ihrem Kopf. Sie lief langsamer.

»Komm!« Der Mann winkte Ella in die unbeleuchtete Seitengasse. »Mein Auto steht gleich hier.« Er hatte seine Hand auf Kikis Oberarm gelegt und schob sie vorwärts. Eine Warnblinkanlage blitzte kurz auf, dann gingen die Scheinwerfer des Wagens an. Es war ein schicker schwarzer Mercedes mit Berliner Kennzeichen.

Der Mann öffnete die Beifahrertür. Plötzlich überkam Ella das gleiche mulmige Gefühl wie letzte Nacht in ihrem Traum. Allein im Wald. Der Boden zäh wie Schlamm. Und hinter den Bäumen …

»Kiki!«, sagte sie, lauter als beabsichtigt.

Kiki und der Fremde drehten sich zu ihr um. Sie musterte ihn im Halbdunkeln. Würde sie ihn eigentlich erkennen, ohne Sonnenbrille und ohne Trainingsanzug? Ein Schauer lief ihr über den Rücken.

»Kiki«, wiederholte sie und bemühte sich, ihre Stimme fest klingen zu lassen. »Ich hab eine bessere Idee. Deine Oma wohnt doch hier ganz in der Nähe, nicht wahr?«

Kiki zog irritiert die Stirn in Falten und öffnete den Mund.

»Nicht wahr?«, wiederholte Ella mit Nachdruck. In ihren Ohren dröhnte es.

»Ja … stimmt …«, stotterte Kiki und schüttelte gleichzeitig ganz leicht den Kopf.

»Dann lass uns doch zu ihr gehen. Von dort können wir ja den Krankenwagen rufen«, entschied Ella und streckte die Hand nach ihrer Freundin aus.

»Ja. Ja, das ist eine gute Idee.« Jetzt hatte Kiki verstanden. Sie löste sich aus dem Griff des Mannes und kam zu Ella herüber.

»Ich kann euch auch gern dorthin fahren.« Der Fremde ließ nicht locker und machte zwei Schritte auf sie zu.

»Nein! Nein danke!«, rief Ella und packte Kikis Hand. »Sehr freundlich von Ihnen!« Sie zog Kiki hinter sich her zurück in Richtung Kreuzung. Ein Blick über die Schulter. Er folgte ihnen, zwar langsam, aber er folgte ihnen.

»Vielen Dank!«, rief Ella noch mal. »Aber das ist wirklich nicht weit. Wir gehen zu Fuß.«

Verfolger im Dunkeln?

Atemlos zog Ella Kiki durch eine Hofeinfahrt.

»Was ist denn los?«, zischte Kiki.

Ella legte ihr die Hand auf den Mund. »Psst!« Sie spähte um die Hausecke.

Im Licht der nahen Autoscheinwerfer konnte sie eine Gestalt erkennen, sie kam aus der Seitenstraße und ging an der Hofeinfahrt vorbei zurück zur Kreuzung. Suchend drehte der Mann den Kopf hin und her.

Kiki schüttelte Ellas Hand ab. »Was hast du denn?«, fragte sie flüsternd.

»Wir sollten besser nicht mit einem Wildfremden mitfahren«, raunte Ella.

»Wieso? Fandst du ihn komisch?«

»Hast du schon vergessen, worüber wir am Donnerstag geredet haben?«

»Nein«, entgegnete Kiki mit einem ärgerlichen Unterton in der Stimme.

»Ich ... ich meine die Sache mit den Zwillingen aus der Dritten«, stotterte Ella. »Wir wissen doch gar nicht, wer dieser Typ ist. Besser, wir steigen nicht bei ihm ein.«

»Vielleicht hast du recht«, gab Kiki zurück. »Aber er hat nicht so getan, als wäre er unser Onkel.«

»Na und? Das heißt doch gar nichts. *Du* hast doch gesagt, dass dir so was niemals passieren würde!«

»Ja, schon ...«, entgegnete Kiki vorwurfsvoll. »Aber wieso regst du dich denn jetzt so auf?«

»Na ja, ich hab letztens einen komischen Typen im Tegeler Forst getroffen«, erklärte Ella. »Ich bin nicht sicher, ob der da gerade derselbe war.«

»Was für einen Typen?« Kikis Ärger schien verflogen.

»Ich weiß nicht. Er war irgendwie gruselig. Hatte ein weiß angemaltes Gesicht, eine Sonnenbrille und ein Basecap auf und trug so einen Trainingsanzug. *Dreimal* ist er mir begegnet, jedes Mal woanders.« Die Erinnerung an ihren Weg durch den Forst und an ihren Traum vergangene Nacht jagten Ella erneut einen Schauer über den Rücken.

»Dann lass uns abhauen!«, flüsterte Kiki.

»Wohin denn?«

»Na, zu meiner Oma. Hast du doch selbst gesagt.«

»Das war doch nur Ablenkung!«, widersprach Ella.

»Aber die wohnt ja wirklich hier. Also nicht direkt in der Nähe. In Wittenau.« Kiki zog ihr Handy hervor und tippte die Adresse ein.

»Wir sollten lieber zurückgehen zu Sabines Auto«, widersprach Ella. »Sie war so durcheinander, wir können sie nicht allein dort sitzen lassen. Außerdem sind deine Sachen noch da.«

»Stimmt«, pflichtete Kiki ihr bei.

Ella warf einen Blick um die Hausecke. Vorn an der Kreuzung stand immer noch dieser fremde Mann, zwischen der Bushaltestelle und dem Laternenpfahl. Sie konnte ihn im Scheinwerferlicht genau erkennen. Er hatte ihnen den Rücken zugekehrt, stand aber genau da, wo Kiki und Ella eigentlich vorbeimussten.

Ella nickte mit dem Kopf in seine Richtung. »Er ist immer noch da. Was machen wir denn jetzt?«

»Dann gehen wir eben doch zu meiner Oma«, schlug Kiki vor und hielt Ella das Handy hin. »Guck, der Hof hat einen Hinterausgang. Dann können wir hier weg, ohne dass dieser Typ uns sieht.«

»Findest du denn den Weg im Dunkeln?«

»Weiß nicht. Bestimmt.« Kiki schob Ella über den Hof.

»Aber Sabine ...«, protestierte Ella noch einmal.

»Sie wird schon klarkommen«, meinte Kiki und hustete.

Hinter ihnen stieß der Sturm ein Fahrrad um, das an die Wand gelehnt stand.

* * *

»Was machen Sie denn da?« Entsetzt riss der Mann im Anzug der jungen Frau den Notfallhammer aus der Hand.

»Ich muss hier raus!«, rief sie verzweifelt.

Der Jugendliche mit der Musikbox stand von seinem Klappsitz auf und betätigte den Notschalter. Leise zischend sprangen die Türen auf. »Bitte, nach Ihnen«, meinte er grinsend und deutete in den dunklen Tunnel hinaus. »Das Hammerding war total unnötig, die Türen gehen doch auch so auf. Na ja, was soll's. Ich werde bestimmt nicht warten, bis irgendein Depp diese Störung behoben hat.« Er sprang hinaus auf die Gleise und lief lässig am Fenster vorbei, hinter dem Noah und Hannes saßen. Die Frau zögerte kurz, dann kletterte sie ihm nach.

»Hey, hey!«, brüllte der Mann im Anzug in die Sprechanlage, die direkt mit der Fahrerkabine verbunden war. »Hier sind Leute ausgestiegen!«

Draußen vor der Tür stand die Frau mit der Panikattacke und hielt sich mit beiden Händen den Hals, als würde sie keine Luft bekommen.

Durch den Waggon näherte sich ein kleiner Mann in BVG-Uniform, dessen Jacke über seinem Bauch gefährlich spannte.

»Was ist denn hier los?«, polterte er aufgebracht.

»Panikattacke. Und Übermut.« Der Mann mit den Skeletthänden deutete hinaus zu den beiden Frauen vor der Tür und dem Jugendlichen, der mit dem Handy eifrig Bilder von der stecken gebliebenen U-Bahn machte.

»Sie sollten die Feuerwehr rufen und den Wagen evakuieren«, schlug der Mann im Anzug vor.

»Sie sollten einfach auf Ihrem Platz sitzen bleiben!«, gab der Fahrer genervt zurück.

»Ich bin doch gar nicht ausgestiegen!«, entgegnete der Mann patzig.

»Bitte bleiben Sie sitzen!«, wandte sich der U-Bahn-Fahrer jetzt an alle Mitfahrenden und rief dann durch die Tür: »Steigen Sie wieder ein! Das ist zu Ihrer eigenen Sicherheit. Die Bahnen können momentan nicht an den unbeleuchteten Bahnhöfen halten und dadurch ist der Bahnverkehr aus dem Takt geraten – es gibt keinen Grund zur Panik! Wir haben alles unter Kontrolle.«

»Gar nichts habt ihr«, rief der Jugendliche von draußen. »Du hast mir gar nichts zu sagen, alter Mann!«

»Steig ein, du Idiot!«, brüllte der Mann im Anzug.

Doch der Junge rührte sich nicht von der Stelle. »Komm doch raus, wenn du Stress willst!«

»Ich muss hier weg!« Die Frau mit der Panikattacke sackte plötzlich zusammen.

»Sehen Sie denn nicht, dass das ein medizinischer Notfall ist?«, beschwerte sich einer der Umstehenden.

»Ruhe! Bitte bewahren Sie Ruhe!«, rief der Fahrer, doch keiner hörte auf ihn.

Die Leute von der Bank neben Hannes kletterten ebenfalls aus dem Wagen. Unruhig winselnd drückte sich der Hund gegen Noahs Beine. Hannes und Noah wechselten einen fragenden Blick.

»Hören Sie, hören Sie!« Der Fahrer hob die Hände. »Bitte bewegen Sie sich nicht alleine von der Bahn weg. Hier im Tunnel herrscht Lebensgefahr! Bitte, seien Sie so gut und warten Sie auf die Feuerwehr.«

»Wir warten schon seit fast einer Stunde!«, herrschte ihn eine Frau an.

»Nun«, der Fahrer lüftete nervös seine Mütze, »die Störung betrifft eben nicht nur unsere Bahn.«

»Das ist richtig«, rief jemand aus dem Hintergrund. »Sie betrifft ganz Tegel und Reinickendorf!«

Ein Raunen ging durch die Fahrgäste.

»Und das sagen Sie erst jetzt?«, empörte sich der Mann im Anzug.

»Hallo? Bin ich dafür verantwortlich, oder was?«, gab der Zugführer ärgerlich zurück.

Immer mehr Leute stiegen schimpfend aus dem Wagen aus. Der Fahrer versuchte, sie zurückzuhalten, hatte aber keine Chance. Jemand fluchte, ein Baby weinte und der Hund begann, nervös zu bellen. Zögernd stiegen schließlich auch Hannes und Noah aus dem Wagen. Im Tunnel war es stockdunkel, nur das Licht aus dem Inneren der Bahn sorgte dafür, dass man ein paar Schritte weit sehen konnte.

»Wir gehen einfach zum nächsten Bahnhof!«, rief jemand von weiter vorn.

Der Fahrer gab auf. Mit hochrotem Kopf stand er im leeren Waggon und wischte sich die

Schweißperlen von der Stirn. Dann stieg er ebenfalls aus. Auch aus den anderen Abteilen der U-Bahn kletterten jetzt die Passagiere auf die Gleise.

»Bleiben Sie dicht beisammen!«, befahl der Fahrer. »Ich bringe Sie zum nächsten Bahnhof. Achten Sie darauf, wo sie hintreten!« Er ging ganz vorn und teils schweigend, teils aufgebracht schimpfend gingen die Passagiere ihm hinterher. Dumpf hallten die Stimmen von den Tunnelwänden wider.

Hannes und Noah folgten mit einigem Abstand.

»Mist!«, entfuhr es Noah plötzlich und er packte Hannes am Arm. »Ich hab die Tüte mit dem Trikot liegen gelassen. Ich geh sie schnell holen.«

»Besser nicht!«, widersprach Hannes, doch Noah hatte sich schon umgedreht und lief zurück zur Bahn, die hell erleuchtet im Tunnel stand. Hannes schaute zwischen der Gruppe Fahrgäste und Noah hin und her. Gerade bogen sie vorn um die Ecke und verschwanden aus seinem Blickfeld. Noah war inzwischen wieder im Waggon angelangt und hielt triumphierend die Tüte in die Höhe.

»Komm, beeil dich!« Hannes winkte aufgeregt, war sich aber nicht sicher, ob Noah ihn überhaupt sehen konnte.

»Komm, schnell!«, rief Hannes wieder, als Noah zurück auf die Gleise geklettert war.

»Jaja!« Noah hastete auf ihn zu. »Wir können weiter. Wohin sind sie gegangen?«

»Da vorn um die Ecke.« Hannes deutete in die Dunkelheit. Noah schaltete seine Handytaschenlampe an. Das Licht reichte gerade weit genug, um ihre nächsten Schritte zu erhellen. Ansonsten war es wirklich vollkommen finster im Tunnel. Und totenstill. An der Ecke, wo die anderen eben abgebogen waren, war nichts zu hören. Und nichts zu sehen, nur rabenschwarze, tiefe Nacht.

»Die sind aber schnell«, stellte Noah irritiert fest.

»Dann sollten wir mal nen Zahn zulegen!« Hannes zog seinen Freund vorwärts, sie stolperten durch das Gleisbett. Bahnschwellen und Schotter erschwerten das Gehen. Ein sirrendes Geräusch tönte durch den Tunnel.

»Meinst du, hier fahren noch andere Züge?«, fragte Noah plötzlich.

Hannes blieb stehen. »Weiß nicht«, gab er zu und ein flaues Gefühl machte sich in seinem Magen breit. »Vielleicht gehen wir besser nicht auf den Gleisen.«

Noah leuchtete durch den Tunnel. Zwischen den Schienen und der Wand waren höchstens fünfzig Zentimeter Platz. In der Mitte liefen zwei Gleise nebeneinander, eins für jede Richtung der U-Bahn-Strecke.

»Lass uns zwischen den beiden Gleisen gehen«, schlug Noah vor und trat aus dem Gleisbett. Dabei stolperte er über eine der Bahnschwellen, das Handy rutschte ihm aus der Hand und fiel zu Boden. Es gab ein kurzes, zischendes Geräusch und das Licht der Handykamera erlosch.

»Noah!« Hannes griff in die Dunkelheit und bekam Noahs Jacke zu fassen. »Nicht bewegen! Die Stromschiene!«

Wie konnten sie nur so dumm sein? Das, was sie hier machten, war nicht nur leichtsinnig, das war lebensgefährlich!

»Oh Mann«, keuchte Noah und trat vorsichtig einen Schritt zurück.

»Nicht bücken!«, befahl Hannes und kramte sein eigenes Smartphone aus der Tasche. Im Taschenlampenlicht war das Problem gut zu erkennen: Noahs Handy war samt Hülle direkt vor ihnen neben die Gleise gefallen, eigentlich lag es nur im Schotter, aber mit der oberen Kante berührte es eine einzelne Schiene, die neben den Gleisen verlief. Und diese Schiene führte lebensbedrohlichen Starkstrom, auch jetzt noch, obwohl alles andere hier unten völlig im Dunkeln lag.

»Na toll«, meinte Noah. »Was machen wir jetzt?«

»Am besten gar nichts!«

»Hallo? Ich kann doch nicht einfach mein Telefon hier liegen lassen!«, beschwerte sich Noah.

»Es ist doch eh tot«, erwiderte Hannes mit einem hilflosen Schulterzucken. »Fass es bloß nicht an!«

»Vielleicht könnte ich es mit dem Fuß wegkicken«, überlegte Noah.

»Spinnst du?« Hannes' Stimme überschlug sich fast. »Lass den Mist!«

»Ist ja gut!« Noah hob beschwichtigend die Hände.

»Lass uns lieber weitergehen, bevor wir ganz den Anschluss verlieren.«

Hannes leuchtete den Tunnel hinunter.

»Na dann los!« Noah setzte sich wieder in Bewegung.

Sie waren noch nicht weit gegangen, da teilte sich vor ihnen der Tunnel in zwei Röhren.

»Rechts oder links?«, fragte Hannes.

»Keine Ahnung.«

Sie lauschten. Nichts war zu hören, nicht das kleinste Geräusch.

»Sollen wir zurück zum Waggon gehen?«, schlug Hannes vor.

»Damit wir da ewig rumsitzen, weil keiner uns rausholen kommt?«, erwiderte Noah. Er klang gereizt. »Weiß doch keiner, dass wir da warten.«

»Es weiß auch keiner, dass wir den Anschluss verloren haben«, gab Hannes pampig zurück.

»Wir gehen einfach weiter«, meinte Noah und schob ihn vorwärts. »Halten wir uns rechts.«

Sie nahmen den rechten Tunnel. Jetzt gab es nur noch ein Gleis, kein Platz zum Ausweichen, wenn doch plötzlich eine Bahn kommen sollte. Hannes verdrängte den unguten Gedanken.

»Hast du das gehört?« Abrupt packte Noah ihn am Arm.

»Nein.« Hannes wand sich aus seinem Griff und lauschte. Doch da war nichts.

»Was soll ich denn gehört haben?«

»Weiß nicht.« Noahs Stimme klang etwas verschreckt. »Vielleicht eine U-Bahn? Was machen wir, wenn eine kommt?«

Hannes leuchtete den Tunnel hoch und runter. Wie weit war der nächste Halt wohl entfernt?

»Guck mal, da ist eine Tür!«, meinte Noah plötzlich hoffnungsvoll und deutete zur Tunnelwand.

Tatsächlich, ein paar Schritte vor ihnen öffnete sich neben den Gleisen eine Nische mit einer Tür. Gleichzeitig hasteten beide vorwärts und griffen nach der Klinke. Nichts passierte, die Tür war verschlossen.

»So ein Mist!« Enttäuscht schlug Noah dagegen.

Hannes ließ das Handy sinken, die kleine Lampe erhellte jetzt nur noch ihre Schuhe. Ein Frösteln lief durch seinen Körper. Er schüttelte sich. Würde ihr Handylicht reichen, um zum nächsten Bahnhof zu finden? Wenn der Akku erst mal leer war, säßen sie in der absoluten Dunkelheit fest.

Noah griff nach seinem Arm. »Hannes?«

Entsetzt fuhr Hannes zusammen. »Erschreck mich doch nicht so!«

»Du weißt doch, dass ich hier bin.«

»Ja.« Hannes atmete tief ein und aus. »Was denn?«

»Lass uns zurückgehen und den linken Tunnel nehmen.«

»Die anderen sind doch bestimmt schon lange weg«, gab Hannes zu bedenken.

»Na ja, aber falls sie noch nicht weg sind und den linken Tunnel genommen haben, sollten wir wenigstens nachschauen gehen.«

»Na gut«, seufzte Hannes und ging mit dem Handy voran zurück zur Gabelung.

Der linke Tunnel lag genauso düster und still vor ihnen wie der rechte. Sie gingen ein paar Meter hinein und lauschten, doch nichts regte sich. Sie gingen ein paar Meter weiter und lauschten wieder. Doch da war niemand. Sie hatten endgültig den Anschluss verloren.

»Lass uns doch zurück zum Waggon gehen«, entschied Noah resigniert. »Irgendwann wird uns da schon jemand abholen kommen.«

Sie kehrten wieder um.

Hannes warf nervös einen Blick auf seinen Akkustand. Er war bereits bedrohlich gesunken, nur noch 21%.

»Sind wir von rechts oder von links gekommen?«, fragte Noah, als sie wieder an der Gabelung standen.

»Äh, gute Frage. Weiß ich nicht mehr genau.«

Hannes versuchte, sich zu erinnern. Wo waren sie abgebogen, kurz bevor Noahs Handy heruntergefallen war? »Ich glaube, von rechts.«

»Ja, meine ich auch.« Noah schob Hannes zur rechten Seite in den zweigleisigen Tunnel.

Sie gingen hintereinander her, zwischen Gleis und Tunnelwand. Keiner der beiden wagte sich in die Mitte zur Stromschiene. Aufgescheucht vom Licht huschte eine Ratte durch das Gleisbett.

Nach einigen Metern teilte sich der Tunnel erneut. Genervt blieb Hannes stehen. »Wir sind hier falsch. An dieser Abzweigung sind wir vorhin nicht vorbeigekommen.«

»Bist du dir sicher?«, fragte Noah.

»Ja«, behauptete Hannes selbstsicher. Ein Blick auf seinen Akku: 19%. Und wenn sie doch hier vorbeigekommen waren und der Waggon gleich hinter der nächsten Kurve stand? »Vielleicht«, schob Hannes nach.

»Lass uns mal kurz Pause machen«, schlug Noah vor.

Sie lehnten sich gegen die Tunnelwand und Hannes schaltete das Licht aus. Es war stockdunkel, er konnte nicht mal mehr seine Hand vor Augen sehen. Sie hatten sich verlaufen, da brauchte er sich nichts vorzumachen. Und alles nur wegen Noahs blödem Trikot.

»So ein Mist«, schimpfte er vor sich hin. »Hättest du das Trikot nicht einfach liegen lassen können?« Noch bevor Hannes den Vorwurf ganz ausgesprochen hatte, wusste er, dass es nicht fair von ihm war, seinem Freund die Schuld zu geben.

Noah antwortete nicht.

»Tut mir leid«, entschuldigte Hannes sich. »Wenn es mein Trikot gewesen wäre, hätte ich es auch geholt.«

»Okay«, meinte Noah nach einer langen Pause. »Wie kommen wir jetzt hier raus? Irgendwelche sinnvollen Vorschläge?«

Hannes grübelte schweigend. »Was würde dein Vater jetzt machen?«, fragte er schließlich. Mit einem Kriminalpolizisten zum Vater gab es doch bestimmt immer eine Lösung.

»Mein Vater? Er würde ...« Noah sog hörbar die Luft ein. »Keine Ahnung. Wahrscheinlich wäre er gar nicht ausgestiegen.«

Das half ihnen nicht weiter.

»Was würde *dein* Vater jetzt machen?«, fragte Noah.

»Mein Vater?« Hannes zog die Stirn in Falten. »Ich glaube ... er würde beten.«

»Aha«, erwiderte Noah aus der Dunkelheit und scharrte mit dem Fuß im Gleisbett. »Meinst du, das hilft?«

»Ich ... ich denke schon«, sagte Hannes zögernd.

»Na dann!«

»Und wofür sollen wir beten?«

»Na dafür, dass wir zum Waggon zurückfinden.«

»Ja, okay.«

Hannes schloss die Augen und öffnete sie direkt wieder. Er konnte doch sowieso nichts sehen, ob mit offenen oder geschlossenen Augen. »Gott, bitte hilf uns, zum Waggon zurückzufinden und lass den Handyakku bis dahin reichen. Amen.«

»Das war ja mal kurz und knackig«, bemerkte Noah.

»Ja. Reicht doch.«

»Und?«, hakte Noah nach.

»Was und?«

»Weißt du jetzt, in welche Richtung wir gehen müssen?«

»Äh, nein? Wieso?«, fragte Hannes irritiert.

»Na, du hast doch gerade dafür gebetet, dass wir zum Waggon zurückfinden.«

Hannes öffnete den Mund, um etwas zu erwidern, da packte Noah ihn plötzlich bei der Jacke. »Ich glaub, ich hab es wieder gehört.«

»Was gehört?«

»Das Geräusch von vorhin.«

Sie lauschten in die Dunkelheit. Doch im Tunnel war alles still.

»Hör auf mit dem Quatsch«, zischte Hannes. »Lass uns weitergehen.«

»Da war es wieder!«, rief Noah aufgeregt.

Diesmal hatte Hannes es auch gehört. Es klang wie das Bellen eines Hundes, das von den Wänden widerhallte. Und es kam irgendwo aus dem Tunnel hinter ihnen.

* * *

»Ich brauch eine Pause.« Kiki zog Ella in einen Hauseingang und lehnte sich gegen die Tür.

Ella schaltete die Handytaschenlampe aus. Besser, sie sparten etwas Akku.

»Hast du Empfang?«, fragte Kiki flüsternd.

Ella konnte hören, dass ihrer Freundin das Atmen schwerfiel.

»Alles okay?«, fragte sie besorgt.

»Nicht so«, entgegnete Kiki. »Ich hab das Gefühl, ich krieg schlecht Luft.«

»Bestimmt wegen des Sicherheitsgurtes«, vermutete Ella. »Mir hat er ziemlich doll in den Hals eingeschnitten.«

»Hm«, machte Kiki nur. »Hast du noch was zu essen?«

Ella schüttelte den Kopf. »Nein.« Sie lehnte sich neben Kiki an die Wand. Da fiel ihr der Apfel wieder ein. »Ach doch!« Sie streifte ihren Rucksack ab und leuchtete mit dem Handy hinein. Als sie den Apfel herausangelte, fiel ihr Blick auf die Postkarte zwischen ihren Büchern. »Wegen letzter Woche ...«, setzte Ella an und richtete sich auf.

»Hast du noch was?«, fragte Kiki erneut.

»Einen Apfel.« Ella streckte ihn ihrer Freundin hin.

»Willst du davon auch noch was?« Kiki nahm ihr den Apfel aus der Hand. Ihre Finger waren ganz kalt.

»Ein oder zwei Bissen«, antwortete Ella. »Also, wegen unserem Streit im Café ...«

Kiki antwortete nicht, sondern kaute nur geräuschvoll.

»Es tut mir leid!«, stieß Ella schließlich hervor.

»Ich hab dir gar nicht richtig zugehört. Ich wollte mich nicht lustig machen, echt nicht. Ich wusste bloß nicht, was ich dazu sagen sollte.«

»Hm«, kam es nur von Kiki.

»Weißt du«, fuhr Ella fort, »ich finde es schrecklich, wenn wir streiten.« Sie fuhr sich mit der Hand über die Augen. Ihr Kopf dröhnte noch immer und es fiel ihr schwer, einen klaren Gedanken zu fassen.

»Ich auch«, gab Kiki zu und reichte ihr den Rest des Apfels.

Sie schwiegen. Der Sturm jagte eine klappernde Getränkedose an ihren Füßen vorbei.

Ella hakte sich bei ihrer Freundin unter und sie setzten sich wieder in Bewegung. Zum Glück mussten sie nicht gegen den Wind laufen, sondern wurden von ihm geschoben. Sie waren noch nicht weit gekommen, da mischte sich unter das Brausen ein weiteres Geräusch.

»Hörst du das?«, raunte Ella zu Kiki hinüber. Keine Antwort.

»Hörst du das?«, fragte sie erneut, diesmal lauter, und blieb stehen.

Kiki hatte sich die Fellkapuze ihrer Jacke tief ins Gesicht gezogen und hielt mit einer Hand den Kragen fest umklammert. Sie hob irritiert den Kopf. »Was ist?«

»Ich dachte, ich hätte ...« Ella starrte angestrengt an Kiki vorbei in die Dunkelheit. War da ein Licht? Der kalte Wind trieb ihr die Tränen in die Augen. Sie blinzelte.

»Was ist denn?«, fragte Kiki ungeduldig.

Ella wischte sich über die Augen und suchte dann mit dem Blick weiter die Umgebung ab. Nichts. Ein kalter Schauer lief ihr über den Rücken. Sie zog Kiki weiter, hielt ihr Handy mit eisigen Fingern umklammert und lauschte konzentriert. Aber da war nur der Sturm. Ella hasste dieses mulmige Gefühl, durch die Dunkelheit zu gehen und nicht zu wissen, was hinter ihr war. Dieses Schaudern, das sie vorwärtszwang, bis sie eine Tür zwischen sich und all die unheimlichen Schatten bringen konnte. Aber hier gab es keine Tür. Ella versuchte, dieses Gefühl abzuschütteln, dass jemand sie beobachtete, und versuchte, auf nichts anderes mehr zu achten als auf den Lichtkegel vor ihren Füßen. Nach einer Weile senkte sich der Bordstein. Eine Querstraße kreuzte ihren Weg. Diesmal blieb Kiki stehen. Sie zog ihr Handy hervor und warf einen Blick auf den Stadtplan. Ein kleiner blauer Punkt zeigte ihren Standort an.

»Wir können geradeaus weitergehen, dann sind das ein paar Hundert Meter Umweg«, überlegte sie laut, »oder wir biegen hier ab, dann müssen wir aber am alten Friedhof ...«

Da war es wieder! Das Geräusch, ein gleichmäßiges, dumpfes Klackern, wie die Räder eines Autos auf Kopfsteinpflaster. Ella wirbelte herum.

»Ella, was ...?«

»Da ist jemand!«, flüsterte Ella mit zittriger Stimme.

Wenige Meter hinter ihnen leuchteten zwei schwache Lichter wie die Augen eines Ungeheuers aus der Dunkelheit. Kiki hatte sie jetzt auch gesehen und steckte blitzschnell ihr Handy weg. In dem Moment, als Ella die Taschenlampe ihres Smartphones ausschaltete, erloschen die Lichter ebenfalls. Dann schlug eine Autotür.

Ella tastete nach Kikis Hand und drückte sie. »Lass uns abhauen!« Sie zog Kiki mit und sie tasteten sich an der Hauswand entlang in die Querstraße hinein.

»Aber Ella, wenn wir hier langgehen, müssen wir am Friedhof vorbei!«, protestierte Kiki.

»Sei still!«, zischte Ella. »Ich glaube, da ist jemand hinter uns her!«

»Vielleicht hat auch nur jemand sein Auto geparkt. Hier wohnen schließlich Leute«, gab Kiki zu bedenken.

In das Heulen des Sturms mischte sich wieder das Geräusch von Autoreifen. Langsam schob sich ein Wagen über die Kreuzung. Für einen kurzen Moment war die Straße vom Scheinwerferlicht erleuchtet, dann verschwand er hinter parkenden Autos.

Kiki atmete prustend aus und schaltete ihr Handy wieder an. »Okay, also noch mal.« Sie zoomte in die Stadtkarte hinein.

Ella beugte sich darüber.

»Hier lang oder hier lang.« Kiki deutete mit zitternden Fingern auf die beiden Wege, die zum Ziel führten. Es waren nur noch 580 Meter bis zu Kikis Oma.

Ella rieb ihre kalten Hände aneinander. »Dann lass uns da lang …«

Plötzlich flammten direkt vor ihnen Autoscheinwerfer auf. Das gleißende Licht biss in Ellas Augen. Ein Fenster surrte.

»Kann ich euch helfen?«, fragte eine freundliche Männerstimme.

»Lass uns abhauen!«, flüsterte Kiki und zog Ella weiter.

»Nein danke!«, rief Ella hastig über die Schulter und bemühte sich, mit Kiki Schritt zu halten.

Das Auto folgte ihnen im Schritttempo. Kiki lief noch schneller.

Ella warf einen flüchtigen Blick nach hinten, gerade lang genug, um einen Mercedesstern auf der Motorhaube des Wagens zu erkennen. »Ich glaube, es ist der Typ von vorhin«, stieß sie entsetzt hervor.

Ihre Freundin rannte los.

»Kiki!« Ella setzte ihr nach. Zum Glück sah sie jetzt gut, wo sie hinlief, denn der Fußweg war ja hell erleuchtet von den Scheinwerfern. Jeder Schritt stach in ihrem Kopf, aber sie rannte, bis sie Kiki eingeholt hatte.

Hinter ihnen rollte der Wagen heran.

Wenige Meter vor ihnen konnte Ella einen Bahnübergang sehen und dahinter führte ein Fahrradweg am Bahndamm entlang. Er war mit Metallpfosten abgegrenzt, damit kein Auto in ihn einbiegen konnte.

»Komm Kiki!«, rief Ella. »Zum Fahrradweg da vorn!«

Sie sprinteten über die Bahngleise, vorbei an den Metallpfosten und hinter eine große Mülltonne, die am Wegrand stand.

»Ich kann nicht mehr!«, japste Kiki und rang nach Luft.

Hinter ihnen überquerte der Mercedes den Bahnübergang und hielt.

»Hallo?«, rief der Mann.

Sofort war jede Faser in Ellas Körper zum Zerreißen gespannt. »Wir müssen weg hier!«

Im Sichtschutz der großen Mülltonne schlichen sie weiter. Der Fahrradweg führte in ein Wäldchen. Hinter dem ersten Baum blieben Ella und Kiki stehen. Sie konnten die Umrisse des Autos sehen, das mit eingeschalteten Scheinwerfern am Fahrradweg stand. Bis hierher reichte das Licht. Bedrohlich schwankten die Äste im Sturm und warfen bizarre Schatten. Dahinter war es stockfinster.

»Wo sind wir hier?«, fragte Ella flüsternd. Sie wagte es nicht, das Handy hervorzuholen, das Displaylicht hätte sie ja sofort wieder verraten.

»Das kann ich dir leider genau sagen.« Kikis Stimme flatterte. »Wir sind hinter dem Friedhof am Nordgraben.«

Ezie, Jonk und Mr Siebenlehn

Hannes und Noah lauschten angestrengt in die Dunkelheit.

»Ich hör nichts mehr«, meinte Noah schließlich.

Hannes biss sich auf die Lippe. War das jetzt gut oder schlecht? Er schaltete die Handy-Taschenlampe wieder ein. Der Akkustand war bei 18%, weit würden sie damit nicht mehr kommen. Und wenn das Handy erst mal aus war, konnte man damit auch nicht mehr telefonieren. Aber es nützte ja nichts, sie brauchten das Licht.

Kaum hatten sie sich in Bewegung gesetzt, da

hallte wieder ein Geräusch aus der Dunkelheit durch den Tunnel. Aber diesmal war es kein Gebell.

»Hallo? Hey, ist da jemand?«, rief eine Stimme.

Sie schien nicht besonders weit entfernt zu sein und Hannes war sich sicher, dass er sie heute schon mal gehört hatte. Blitzschnell steckte er sein Handy weg.

»Was soll das?«, zischte Noah.

»Ich …«, fing Hannes an, brach aber sofort ab, denn da war ein Licht vor ihnen aufgetaucht, das durch den Tunnel auf sie zutanzte. Rasche Schritte näherten sich, dann blendete sie der Lichtkegel einer Taschenlampe.

»Dachte ich es mir doch«, stieß der Fremde hervor.

»Sie sind hier!«, rief er über die Schulter und wie zur Antwort bellte wieder ein Hund.

Hannes und Noah wechselten einen irritierten Blick. Vor ihnen stand der Mann mit der schwarzen Lederjacke, in seinen tätowierten Händen die unterarmlange Taschenlampe aus Metall, die nun auf sie gerichtet war.

»Soso.« Er fuhr sich durch die kurzen Haare.

»Ich dachte schon, ihr wärt uns durch die Lappen gegangen.«

⋆⋆⋆

Gemeinsam liefen sie den Weg durch den Tunnel zurück, den sie eben gekommen waren. Der Mann mit der Taschenlampe ging hinter ihnen und am Tunnelende vor ihnen wartete die Frau mit dem Undercut. Der Mischlingshund wedelte freudig mit dem Schwanz und stupste Hannes gegens Schienbein, als sie ihn erreicht hatten.

»Hätte übel ausgehen können«, brummte der Mann seiner Begleiterin zu.

Hannes knetet nervös seine Hände. Was wollten die beiden von ihnen? Weit und breit schien niemand außer ihnen zu sein. Sie waren allein mit diesen Fremden.

»Na los«, meinte der Mann und schob Hannes vorwärts.

»Hören Sie!« Hannes holte tief Luft und drehte sich zu dem Mann um. »Wir würden gern einfach nur aus diesem Tunnel raus, sonst nichts.«

Der Mann schaute ihn an, als hätte er gerade in einer Fremdsprache gesprochen. Dann drehte er sich irritiert zu seiner Begleiterin um, die mit dem Hund hinter Noah ging. Er schüttelte den Kopf und musterte Hannes. »Was denkst du denn, warum wir hier sind?«

»Ich ... ich weiß nicht.«

Einen Augenblick noch schaute der Mann Hannes kopfschüttelnd an, als würde er ihn nicht verstehen, dann begann er plötzlich zu lachen. »Junge, du hast wohl zu viele Krimis geguckt! Denkst du, wir wollen euch entführen, oder was?«

»Ja, also ... nein ...«, stotterte Hannes, der von der Reaktion des Fremden nun selbst etwas verwirrt war. »Ich dachte nur ...«

»Okay«, der Mann nickte lachend und wischte sich mit dem Finger über die Augenwinkel. »Noch mal ganz von vorn. Ich bin Jonk. Also eigentlich John Kowalski, aber für euch einfach Jonk. Und das hier«, er beschrieb mit einer Handbewegung einen Kreis um sich, seine Begleiterin, Noah und Hannes, »ist kein Überfall. Wir wollten nur sichergehen, dass ihr hier unten nicht verloren geht. Ihr wart beim Aussteigen aus der Bahn noch direkt hinter uns und dann plötzlich verschwunden. Also sind wir noch mal zurückgegangen, um nach euch zu schauen.« Er nickte zu seiner Begleiterin hinüber.

»Hi«, sagte diese lächelnd, »ich bin Ezie.«

»Und Ezie wie ... Elena Ziebart, oder so?«, fragte Noah.

Sie grinste. »Ezie wie Clara Steinbrück.«

Noah verzog verständnislos das Gesicht.

Clara – »Ezie« – deutete in den Tunnel. »Lasst uns mal weitergehen.«

Jonk ging voraus und sie folgten ihm.

Noah startete einen zweiten Versuch. »Also Ezie wie ...?«

»Ach, das ist nur so ein Spitzname, weil ich E-Zigarette rauche«, erklärte Ezie.

»Und wer ist das?«, fragte Noah und deutete auf den Mischlingshund, der sich eng an ihre Beine drückte.

»Das ist Mr Siebenlehn.«

»Ah ja.«

Hannes schwieg. Ihm war die ganze Situation

immer noch ziemlich unangenehm. Andererseits ... Er hatte eben noch dafür gebetet, dass sie zurück zum Waggon finden würden und plötzlich tauchte dieses Paar auf. Konnte das Zufall sein?

»Dieser Tunnel, in den ihr abgebogen seid«, erklärte Jonk, »ist übrigens ein Abstellgleis und dahinter kommt ein stillgelegter Teil des U-Bahn-Netzes. Ihr hättet euch dort hoffnungslos verirrt.«

»Woher weißt du das?«, fragte Noah.

Jonk blieb vor einer Metalltür in der Tunnelwand stehen und drehte sich zu ihnen um. »Weil ich hier unten arbeite«, antwortete er und zog einen Schlüsselbund aus der Tasche. »Und deshalb gehen wir jetzt nicht weiter über die Gleise zum nächsten Bahnhof, sondern direkt durch die Unterwelt nach oben auf die Straße.«

Die schwere Tür ließ sich nur mit Mühe öffnen. Muffiger Geruch drang aus dem Inneren heraus. Nacheinander traten sie ein. Mr Siebenlehn zog seinen Schwanz zwischen die Hinterbeine und winselte leise.

Pflichtbewusst verschloss Jonk mit der Taschenlampe unter dem Arm die Tür wieder hinter ihnen. Der hüpfende Lichtkegel ließ einen langen Gang erahnen.

»Wo sind wir hier?«, fragte Noah staunend.

Jonk steckte den Schlüssel weg und hielt die Taschenlampe wieder fest in der Hand. Ihr kräftiges Licht erhellte nun den ganzen Gang. Links und rechts waren Stahltüren in die kahlen Betonwände eingelassen und ganz hinten führte eine Treppe ins nächste Stockwerk.

»Das ist ein alter Luftschutzbunker«, antwortete Jonk und ging voran Richtung Treppe.

»Luftschutzbunker? So ein echter aus dem Krieg?«, bohrte Noah nach.

Hannes musste schmunzeln. Das war ja genau das Richtige für Noah, den Klassenbesten in Geschichte. Da konnte ihm so schnell keiner was vormachen. Na ja, es versuchte wahrscheinlich auch keiner.

»Ja, aus dem Zweiten Weltkrieg«, antwortete Jonk auf Noahs Frage. »Sag bloß, du wusstest nicht, dass es den gibt.«

»Bin erst seit anderthalb Jahren in Berlin«, erwiderte Noah achselzuckend.

»Na dann!« Jonk drehte sich um und breitete die Arme aus. »Willkommen in den Berliner Unterwelten!«

Hannes runzelte die Stirn und war froh, dass die anderen gerade nicht zu ihm hinsahen. Er war zwar in Berlin geboren, aber diese geheimnisvolle Welt zwischen U-Bahn und Oberfläche kannte er auch noch nicht.

Jonk hatte inzwischen die Treppe erreicht und leuchtete die Stufen hinauf. Eigentlich war es gar keine richtige Treppe, sondern eher eine ziemlich steile Leiter aus Metall. Sie führte durch ein dunkles Loch nach oben. Hannes zog sein Handy hervor.

»Am besten, ich geh als Erster rauf«, beschloss Jonk.

»Dann kann ich von oben runterleuchten und ihr lasst eure Handys in der Tasche und könnt euch ordentlich am Geländer festhalten. Und Kopf einziehen!«

»Mein Handy lebt nicht mehr«, brummte Noah missmutig.

»Wieso das denn?«, fragte Ezie und schob den winselnden Mr Siebenlehn Richtung Treppe.

Hannes tätschelte dem immer noch unruhigen Mischlingshund den Kopf. »Das hier ist nichts für dich, was?«, flüsterte er ihm leise zu.

»Hab mein Handy im Tunnel verloren«, erklärte Noah. »Es ist auf die Stromschiene gefallen.«

»Kannst froh sein, dass *du* nicht auf die Stromschiene gefallen bist«, erwiderte Jonk trocken. Er war die Treppe schon zur Hälfte hochgestiegen.

»Du musst ihn mit hoch nehmen«, hielt Ezie ihn auf, eine Hand am Halsband von Mr Siebenlehn, der sich mit allen vier Pfoten in den Boden stemmte und sich dagegen sträubte weiterzugehen.

»Ach ja«, seufzte Jonk und beugte sich herunter. »Halt mal.« Er drückte Hannes die Taschenlampe in die Hand. »Und leuchte mir bitte rauf.«

Jonk klemmte sich den winselnden Hund umständlich unter den Arm und balancierte die schmalen Stufen hinauf. Er schob erst Mr Siebenlehn, dann sich selbst durch das Loch im Boden, nur seine Füße auf der obersten Stufe waren noch zu sehen.

»Hättest du nicht gedacht, dass wir hier unten mal zusammen rumkraxeln, was Mister?«, hörte man ihn sagen. Die Füße verschwanden und kurz darauf steckte er den Kopf durch das Loch. »So, jetzt leuchte ich euch runter.« Hannes stieg die ersten vier Stufen hinauf und reichte ihm dann die Taschenlampe nach oben.

Hannes, Noah und zum Schluss auch Ezie krabbelten die schmale Stiege hinauf. Oben bot sich ihnen das gleiche Bild wie unten. Blanke Betonwände, Türen und eine Treppe ins nächste Stockwerk.

»Ich weiß schon, warum ich hier unten keine Gruppen durchführe«, stellte Jonk fest und ging wieder voraus, den Gang entlang.

»Warum heißt euer Hund eigentlich Mr Siebenlehn?«, fragte Noah.

Hinter Hannes kratzten die Pfoten des Hundes über den Betonboden.

»Wir haben ihn vor zwei Jahren gefunden, angebunden auf einer Autobahnraststätte bei Siebenlehn«, erklärte Ezie. »Erst mal haben wir ihn ins Tierheim gebracht, aber niemand hat ihn vermisst gemeldet, also haben wir ihn adoptiert.«

»Er ist echt kein Stadthund«, bemerkte Jonk. »Seit zwei Jahren versuchen wir, ihn an die U-Bahn zu gewöhnen, aber irgendwie macht ihm alles hier unten Angst.«

»Verständlich«, murmelte Hannes.

Sie krochen hinauf ins nächste Stockwerk. Hier oben sah es etwas anders aus. Da waren Beschriftungen an den Wänden, *Männer-Abort* war auf einem Schild zu lesen. Jonk leuchtete zur offenen Tür hinein. An der Wand waren kleine Toiletten aufgereiht. Im nächsten Raum standen Stockbetten aus Metall, sogar mit Matratzen und Decken. *Luftschutzraum* und *20 Personen* stand mit weißen Buchstaben an der Wand.

»Krass!«, entfuhr es Noah. »20 Personen. Das ist doch mega eng.«

»Was ist das hier?«, fragte Hannes und sah sich neugierig um. »Sieht aus wie ein Museum.«

»Das ist auch ein Museum«, erklärte Jonk. »Eine Ausstellung der Unterwelten.«

»Und hier kann einfach jeder rein?«, wollte Noah wissen.

Jonk schüttelte den Kopf. »Nein, nur mit einer Führung.«

»Ach so!« Hannes schlug sich mit der flachen Hand gegen die Stirn. »Jetzt hab ich's kapiert. Deshalb hast du das mit den Gruppen gesagt.«

Noah und Jonk schauten in den nächsten Luftschutzraum.

»Stell dir mal vor«, meinte Noah, »du hockst hier unten mit Hunderten von Leuten. Stockdunkel wie heute, aber nicht, weil ein Sturm dafür gesorgt hat, dass der Strom weg ist, sondern weil über dir die Stadt bombardiert wird ...«

»Gruselig«, erwiderte Hannes und schloss zu den beiden auf.

Der Lichtkegel von Jonks Taschenlampe erfasste mehrere Warnschilder, die an der Wand befestigt waren.

»Warte, was steht da?«, fragte Noah interessiert.

»Rauchen und der Umgang mit offenem Feuer strengstens untersagt«, entzifferte Hannes die altdeutsche Schrift auf einer der Plaketten. »Und hier …« Er stockte. »Für Juden verboten.«

Noah pfiff durch die Zähne. »Sind die echt?«

»Ja«, erwiderte Jonk. »Die sind zwar nicht genau aus diesem Bunker, aber das sind originale Schilder aus der Zeit des Zweiten Weltkrieges.«

»Auch das mit den Juden?«, fragte Noah kritisch.

»Leider ja.« Jonk nickte. »Es gab ganz klare Regeln, wer die Luftschutzbunker nutzen durfte und wer nicht.«

»Aber das ist …« Hannes klappte den Mund auf und wieder zu. Er wusste nicht, was er dazu sagen sollte.

»Das ist Rassismus«, vollendete Jonk den Satz und wandte sich von den Schildern ab. »Man hat festgelegt, welche Menschen es wert waren, geschützt zu werden, und welche nicht. Und die, die es nicht wert waren – die *minderwertigen Menschen*«, er zeichnete Gänsefüßchen mit den Fingern in die Luft, »durften die Schutzbunker nicht betreten.«

»Aber was soll das denn sein, *minderwertige Menschen?*«, fragte Hannes irritiert.

»Weißt du, es gibt so viel, was in den Augen mancher Leute *falsch* ist, was angeblich dazu führt, dass Menschen«, Jonk machte wieder eine Gänsefüßchen-Geste, »*weniger wert* sind. Dinge wie Herkunft und Zugehörigkeit, der religiöse Hintergrund, die Abstammung und auch körperliche Merkmale.«

»Wie die Hautfarbe«, fügte Noah hinzu.

»Genau«, bestätigte Jonk und setzte sich wieder in Bewegung.

»Aber das ist doch bescheuert!« Hannes schüttelte fassungslos den Kopf bei der Vorstellung, dass Noah aufgrund seiner Hautfarbe den Bunker möglicherweise nicht hätte betreten dürfen.

»Natürlich ist es das!«, warf Jonk über die Schulter ein, blieb dann aber stehen und drehte sich zu ihnen um.

»Und obwohl der Krieg lange vorbei ist und der Bunker inzwischen ein Museum, ist Rassismus alles andere als Geschichte. Manche Menschen denken ja heute noch so.«

»Rassismus gehört auch ins Museum!«, schimpfte Noah.

»Da sind wir leider noch lange nicht. Und wenn ich dir eins sagen darf«, Jonk deutete in Hannes' Richtung, »dann das: Du kannst deine Worte als Waffe gegen diese Ungerechtigkeit einsetzen. Oft wird Schweigen nämlich als Zustimmung gewertet. Deshalb solltest du immer den Mund aufmachen, wenn du bemerkst, dass jemand ungerecht behandelt wird!«

Hannes nickte nachdenklich und erinnerte sich an den Vorfall im Sportgeschäft.

Sie liefen am Rest der Ausstellung vorbei, ohne sie weiter anzuschauen. Vor ihnen machte der Gang einen Knick. Als sie gerade alle um die Kurve gegangen waren, schaltete Jonk plötzlich die Lampe aus. Abrupt blieb Hannes stehen, von hinten trat Ezie ihm in den Hacken.

»Was machst du denn?«, schimpfte sie in die Dunkelheit.

»Entschuldige, ich ...«, stotterte Hannes.

»Nein, nicht du! Ich meine Jonk.«

»Ich wollte euch was zeigen«, erwiderte Jonk gelassen. »Wenn ihr genau hinschaut, könnt ihr weitergehen, ohne dass ich euch den Weg leuchte.«

Angestrengt starrte Hannes ins dunkle Nichts. Noch tanzten Lichtflecken vor seinen Augen, aber nach und nach konnte er ein Glimmen in der Dunkelheit erkennen.

»Das ist ja cool!« Noah war schon einige Schritte vorgegangen, zögernd folgte Hannes ihm.

Ein gelber Neonstreifen an der Wand reflektierte das längst erloschene Licht der Taschenlampe. Es war zwar nicht mehr als ein schwaches Leuchten, aber genug, um sich orientieren zu können.

»Ist die Farbe echt seit achtzig Jahren hier an der Wand?«, fragte Noah.

»Nein, die ist erst später angebracht worden, zur Zeit des Kalten Krieges, als Deutschland geteilt war«, antwortete Jonk aus der Dunkelheit. »Bei unseren Führungen brennen hier Schwarzlichtlampen, da sieht man den Effekt noch besser.«

Hinter der nächsten Biegung schaltete er die Taschenlampe wieder ein und machte sich an einer Stahltür zu schaffen. »So, jetzt sind wir gleich am Bahnhof. Nur noch die Treppe rauf und ihr steht oben auf der Straße.« Er drückte die schwere Tür auf und sofort wehte kalter Wind herein.

»Wo müsst ihr denn hin?«, fragte Ezie.

»Wir wären *Osloer Straße* ausgestiegen«, antwortete Hannes. Hinter ihnen verschloss Jonk die Tür. Nie im Leben hätte Hannes hinter diesem unauffälligen Zugang auf dem Treppenabsatz zum U-Bahnhof so eine fremde Welt vermutet. Quasi ein Tor in die Vergangenheit.

»Dann habt ihr es ja nicht mehr allzu weit«, stellte Jonk fest und stieg ihnen voran die letzte Treppe zum Ausgang hinauf. Oben angekommen zerrte sofort der Sturm an ihnen. Die sonst so lebhafte Straße lag in völliger Finsternis. Langsam erkannte Hannes, wo sie waren. Im Taschenlampenschein hasteten vereinzelt Leute an ihnen vorbei und ein paar Hundert Meter weiter vorn, etwa auf Höhe der nächsten U-Bahn-Station, blitzten die blauen Lichter einiger Einsatzfahrzeuge auf. In diese Richtung mussten sie gehen.

»Na dann«, meinte Hannes und trat von einem Fuß auf den anderen.

»Danke für eure Hilfe! Also, wenn wir euch nicht getroffen hätten ...« Noah hob die Hand. »Und für die kostenlose Führung. War mega cool!«

»Ach was.« Jonk winkte ab. »Passt auf euch auf und kommt gut nach Hause.«

»Ja, wird Zeit.« Noah nickte und schob Hannes an. Doch nach einigen Schritten blieb Hannes noch einmal stehen.

»Warte, ich muss ihnen noch was sagen.« Er wandte sich um. Doch Ezie, Jonk und Mr Siebenlehn waren bereits in der Dunkelheit verschwunden.

⋆⋆⋆

Tastend setzte Ella einen Fuß vor den anderen. Nur der Asphalt unter ihren Füßen verriet ihr, dass sie immer noch auf dem Fahrradweg unterwegs waren.

»Ich mach jetzt das Licht wieder an!«, entschied Kiki trotzig. Sie schaltete die Lampe ihres Handys an und im nächsten Moment flitzte ein schwarzer Schatten durch den Lichtkegel an ihren Füßen vorbei. Kiki kreischte auf und machte einen Satz rückwärts. »Was war das?«

»Eine Katze«, japste Ella und war nicht sicher,

ob sie weinen oder lachen wollte. »Nur eine Katze.«

»Und auch noch eine schwarze«, murmelte Kiki.

Der Sturm ließ die Bäume bedrohlich ächzen. Links neben ihnen, hinter einem grünen Maschendrahtzaun lag der Friedhof.

»Macht das einen Unterschied?«, fragte Ella.

»Ja sicher!«, erklärte Kiki voller Überzeugung. »Schwarze Katzen bringen Unglück.«

»Glaubst du das wirklich?«

»Hm, vielleicht ein bisschen. Aber eine schwarze Katze nachts auf einem Friedhof ...«

»Kiki!«, schimpfte Ella. »Ist das dein Ernst?«

»Na ja, ich mein doch nur. Friedhof, Geister und so ...«

»Ich glaub nicht an Geister!«, erwiderte Ella entschieden, konnte aber nicht verhindern, dass sie ein mulmiges Gefühl überkam. Sie schüttelte sich. Mit eingeschalteter Lampe konnten sie zwar den Weg besser erkennen, waren aber auch für jemanden, der in der Dunkelheit stand und sie vielleicht beobachtete, viel besser zu sehen.

»Alles okay?«, fragte Kiki.

»Ja.« Ella zwang sich, nicht nach hinten zu sehen. Zu groß war ihre Angst, ein weiß bemaltes Gesicht in der Dunkelheit zu entdecken. Sie fröstelte und beschleunigte ihre Schritte.

»Wer uns wohl gerade hinterhergefahren ist?«, fragte Kiki ziemlich laut. Nervös begann sie, eine schiefe Melodie vor sich hinzusummen.

Ella lief noch schneller, die Dunkelheit kroch ihr mit kalten Fingern den Rücken herauf. In den alten Bäumen heulte der Sturmwind.

»Ella, sag doch was!«

»Keine Ahnung.« Ella konzentrierte sich auf die wenigen Meter beleuchteten Weges vor ihren Füßen. Ein Satz aus der Bibel kam ihr in den Sinn, den ein Dichter in einem Lied über Gott geschrieben hatte: *Dein Wort ist wie ein Licht in der Nacht, das meinen Weg erleuchtet.* Kein Licht, das alles um sie herum erleuchtete, sondern den Weg. Das genügte. Ein Schritt nach dem anderen. Und welches Wort war ihr heute ein Licht? Das, welches ihre Mutter ihr heute Morgen an der Tür mitgegeben hatte – *Gott ist da wie eine schützende Mauer.* Ella atmete auf und verlangsamte ihr Tempo. Es gab keinen Grund, in Panik zu verfallen. Da war nur ein Auto gewesen, nichts weiter. Wahrscheinlich hatte ihnen jemand helfen wollen und sie waren einfach davongerannt.

Endlich ließen sie den Friedhof hinter sich. Der Fahrradweg mündete wieder in eine Straße. Rechts und links parkten Autos und hinter manchen Fenstern flackerte warmer Kerzenschein.

Kiki blieb stehen und öffnete erneut die Stadtkarte auf ihrem Handy. »Jetzt müssen wir nur noch im Dunkeln das richtige Haus finden«, meinte sie mit zittriger Stimme. »Hier sieht irgendwie alles gleich aus.«

Ella hatte inzwischen auch ihr Handylicht wieder angemacht und begann, die Zäune und Vorgärten abzuleuchten.

Kiki folgte ihr rasch. »Es war ein Mercedes, der uns hinterhergefahren ist, nicht wahr? Genau wie das Auto von dem Typen an der Kreuzung. Meinst du, das war Zufall?«

»Ich weiß nicht«, antwortete Ella. »Vielleicht. Das Modell gibt es oft hier in Berlin.«

Sie versuchten weiter, die Hausnummern in der Dunkelheit zu entziffern.

»Ich frage mich die ganze Zeit, ob ich diesen Mann aus dem Tegeler Forst ohne Trainingsanzug und ohne weiß angemaltes Gesicht erkennen würde«, erzählte Ella ihrer Freundin. »Ich hab sogar letzte Nacht von ihm geträumt!«

»Wie gruselig!« Kiki verzog das Gesicht.

»Hier ist es«, stellte Ella erleichtert fest und deutete in eine Einfahrt. Direkt hinter ihnen schlug eine Autotür zu.

Kiki stürzte vorwärts. »Da ist jemand!« Sie drängte Ella durch die Einfahrt in den Hof des Mehrfamilienhauses.

»Mach das Licht aus!«, zischte sie Ella panisch ins Ohr, während sie ihr eigenes Handy hastig in die Tasche schob. Kiki griff nach Ellas Hand und zog sie hinter sich her.

»Warte, hier sind zwei Türen«, stellte Ella fest. »Ich muss noch mal leuchten.«

»Nein, mach es aus!«, raunte Kiki.

»Aber Kiki ...«

»Ella!«

Mit zitternden Fingern schaltete Ella die Handytaschenlampe aus. Draußen auf der Straße fuhr langsam ein Auto vorbei. Kiki hielt Ellas Hand immer noch fest umklammert, fast so fest, dass es wehtat. Ihre Panik war ansteckend. Angestrengt dachte Ella an ihre schützende Mauer. Eine Mauer, die sie umgab, sodass sich niemand aus der Dunkelheit von hinten an sie heranschleichen konnte.

Mit Schwung öffnete Kiki eine der Türen, hastete in den Flur und den ersten Treppenaufsatz hinauf. Ella folgte ihr.

»Hast du das gehört?« Kikis Stimme überschlug sich fast, obwohl sie flüsterte.

»Nein.«

»Eben. Die Tür ist nicht hinter uns zugefallen. Komm schnell!«

»Aber …«

»Schnell, Ella!« Kikis Stimme quietschte. »Meine Oma wohnt gleich hier im zweiten Stock.«

Sie polterten die Treppe hinauf, die Hand am Geländer, um den Weg nicht zu verfehlen. Ellas Herz schlug ihr bis zum Hals. Ihre Freundin war schon an der Wohnungstür und klopfte wie wild.

Jetzt bemühte Kiki sich nicht mehr, leise und unauffällig zu sein.

»Oma!«, rief sie panisch. »Ich bin's, Kiki. Mach auf, Oma!«

Hinter der Tür näherten sich Schritte. Durch die Milchglasfenster der alten Flügeltür drang warmes Licht nach draußen.

Kiki drängte sich eng an die Wand, als könnte sie sich durch sie hindurch in die Wohnung drücken.

Ein Schlüssel im Schloss klickte, dann öffnete sich die Tür einen Spaltbreit.

»Oma! Endlich!« Kiki drängte sich in den Spalt, erstarrte aber dann plötzlich mitten in der Bewegung.

Vor ihnen stand eine Gestalt, einen Kerzenhalter in der einen Hand, die andere auf der Türklinke. Aber es war nicht Kikis Oma. Es war ein Mann in einem blau-weißen Trainingsanzug und mit einem Basecap, tief ins Gesicht gezogen.

Vorübergehend nicht erreichbar

Auf der Kreuzung stand ein Einsatzfahrzeug der Feuerwehr mit eingeschaltetem Blaulicht; daneben ein LKW, aber keiner, der Waren transportierte, sondern ein besonderer. Er hatte keine Plane, sondern einen stabilen weißen Aufbau, wie ein Kühlwagen. Ein kleiner Treppenabsatz führte am Heck ins Innere und dort brannte Licht!

Als Hannes und Noah näher kamen, konnten sie die Beschriftung des Wagens entziffern. *Katastrophenschutz* war in großen schwarzen Lettern darauf zu lesen. Und als sie noch näher kamen, sahen sie Leute, die dampfende Becher mit heißen Getränken an die Umstehenden verteilten.

Mit einem Mal merkte Hannes, wie kalt ihm war. Er zog seine Hände aus den Jackentaschen und rieb sie kräftig aneinander.

Die Frau am Getränkestand winkte Hannes und Noah heran. Sie trug eine blaue Uniform und hatte sich die Ärmel der Jacke hochgekrempelt. Ihre schwarzen Haare waren zu einem unordentlichen Knoten zusammengebunden und der Sturm wehte ihr lose Strähnen ins Gesicht. »Wollt ihr etwas Heißes trinken?«, rief sie ihnen zu und füllte, ohne eine Antwort abzuwarten, zwei Pappbecher mit dampfender Flüssigkeit.

Dankend nahm Hannes den Becher entgegen und nippte daran. Der aufsteigende warme Dampf hinterließ ein prickelndes Gefühl auf seinem Gesicht und der fruchtige Geschmack breitete sich langsam in seinem Mund aus. Es war gesüßter Früchtetee, nichts Besonderes, aber in diesem Moment das Beste, was er jemals getrunken hatte. Durch die Wärme des Bechers spürte er seine klammen Finger umso mehr. Trotzdem zog er sein Smartphone heraus und entsperrte das Display. Er wollte wenigstens kurz bei Ella anrufen, jetzt, wo das Gröbste überstanden war.

Hannes wartete eine ganze Weile, doch es klingelte nicht einmal. Schließlich verkündete eine Frauenstimme, dass die gewählte Rufnummer vorübergehend nicht erreichbar sei. Na ja, wahrscheinlich war Ellas Akku leer. Er steckte resigniert das Handy weg. Ihn fröstelte.

»Drinnen ist es windstill und warm«, erklärte die Frau und nickte zum LKW. »Und ihr könnt eure Handys laden.«

Hannes zog erneut sein Smartphone hervor. 18% Akku. Laden wäre gut.

»Wollen wir das noch machen, bevor wir zu mir nach Hause gehen?«, fragte er an Noah gewandt.

»Hahaha«, entgegnete Noah genervt und zog die Stirn in Falten.

»Ach ja, entschuldige«, entgegnete Hannes beschämt.

Noah seufzte. »Ja, mach ruhig. Dann haben wir wenigstens ein funktionierendes Telefon.«

Nickend erklomm Hannes die Stufen ins Innere des LKW, Noah folgte ihm. Drinnen gab es gleich links an einem schmalen Tisch eine Reihe von Steckdosen, bestückt mit allen möglichen Formen von Ladekabeln. Und auf der rechten Seite war eine Bank über die ganze Länge des LKW angebracht, ein paar Leute saßen hier, unterhielten sich leise oder nippten an ihrem Tee. Mit noch immer zitternden Händen fingerte Hannes an den Ladekabeln herum und suchte nach einem passenden für sein Handy.

»Warte, ich helfe dir.« Ein junger Mann in Feuerwehruniform nahm ihm das Handy aus der Hand. »Du bist ja ganz durchgefroren.«

»Danke.« Mit einem Seufzen ließ Hannes sich auf die Bank fallen, auf der Noah bereits Platz genommen hatte. »Dann kann ich nachher endlich telefonieren, ohne dass der Akku gleich leer ist.«

»Telefonieren?« Der Feuerwehrmann hob die Augenbrauen. »Du weißt schon, dass das Handynetz zusammengebrochen ist, oder?«

»Echt jetzt?« Ungläubig schaute Hannes zwischen Noah und dem Mann hin und her.

»Ja. Es ist völlig überlastet.« Hilflos zuckte der junge Mann mit den Schultern.

»Können wir ja nicht wissen«, meinte Noah grinsend. »Wir waren ja bis gerade eben auch abgeschnitten von der Außenwelt – in einem Weltkriegsbunker.« Er zwinkerte Hannes zu.

Jetzt schaute der Feuerwehrmann irritiert zwischen Hannes und Noah hin und her.

»Egal.« Noah winkte ab. »Was ist denn überhaupt los hier? Und wie spät ist es eigentlich?«

»Es ist jetzt kurz nach 20 Uhr.«

»Erst?« Verwirrt schüttelte Hannes den Kopf. Das letzte Mal, als er bewusst auf die Uhr geschaut hatte, war es halb sechs gewesen. Das war kurz nachdem die Bahn im Tunnel stecken geblieben war. Er hatte den Eindruck, es müsste jetzt schon weit nach Mitternacht sein. Die letzten Stunden waren allerdings auch ganz schön nervenaufreibend gewesen.

»Also, durch den Sturm ist an der Großbaustelle an der B96 ein Kran umgekippt, er war wohl nicht richtig gesichert«, beantwortete der Feuerwehrmann Noahs Frage.

Hannes horchte auf. Stimmt! Das hatten doch die Leute in der U-Bahn schon erzählt. Die Baustelle direkt vor der Firma, in der sein Vater arbeitete!

»Und was ist dabei passiert?«, fragte Hannes beklommen.

»Du, ehrlich gesagt«, der Mann schüttelte hilflos den Kopf, »sind wir hier gerade nur dabei, das Chaos zu lichten. Den Kopf über Wasser zu halten sozusagen. Auf jeden Fall wurde wohl in der Baugrube die Haupt-Stromleitung gekappt. Warum die überhaupt offen lag, ist mir ein Rätsel.« Er verzog ärgerlich den Mund. »Vorhin hab ich gehört, das Gebäude daneben soll wohl beschädigt worden sein, aber wie gesagt«, er hob abwehrend die Hände, »es ist gerade ziemlich chaotisch hier. So viele Funksprüche, so viele Einsätze – Unfälle absichern, Pflegeheime evakuieren und dann stecken auch noch U-Bahnen in den Tunneln fest.«

»Wissen wir«, entgegnete Noah trocken.

Hannes zog sein Handy vom Ladekabel ab, der Akkustand war gerade mal auf 35% geklettert, aber er wollte nicht länger warten.

»Ich muss nachschauen, ob die anderen schon

zu Hause sind«, erklärte er, ließ den halb vollen Becher Tee stehen und sprang aus dem Wagen. Noah folgte ihm achselzuckend.

Je weiter sie sich von der Kreuzung entfernten, desto dunkler wurde es wieder. Hier und da spendete Kerzenschein hinter den Fenstern etwas Licht, sodass sie den Fußweg erkennen konnten. Hannes verzichtete darauf, die Taschenlampe einzuschalten. Den Weg von der U-Bahn-Haltestelle zu ihrer Wohnung kannte er im Schlaf.

Plötzlich tönten dumpfe Schläge durch die Straße, irgendwo in der Nähe splitterte Glas.

»Was war das?«, flüsterte Noah.

Hannes zog ihn hinter einen parkenden Transporter und spähte vorsichtig um die Ecke. Auf der anderen Straßenseite blitzte für einen Augenblick ein Licht auf. Wieder hörten sie einen dumpfen Schlag. Gedämpfte Stimmen drangen zu ihnen herüber.

»Mach hin, Mann!«

»Chill mal und schalte lieber das Licht noch mal an. Ich seh ja nichts.«

Jemand schaltete eine Taschenlampe ein. Jetzt

konnte Hannes drei Gestalten in dunkler Kleidung und mit über den Kopf gezogenen Kapuzen vor einem Schaufenster erkennen. Eine von ihnen hatte einen Zimmermannshammer in der Hand und hämmerte auf die Scheibe ein. Das Sicherheitsglas splitterte nach allen Seiten, hielt den Schlägen aber noch stand.

»Nimm die andere Seite!«, forderte die Person mit der Lampe die Gestalt mit dem Hammer auf.

»Lass mich mal.« Der Dritte nahm den Hammer und schlug mit den Zinken kräftig auf das Glas. Der Hammer blieb in der Scheibe stecken; kräftig riss der Angreifer am Griff, um das Loch zu vergrößern.

»Ich glaub's nicht!«, entfuhr es Noah. »Die versuchen, ins Uhrengeschäft einzubrechen.« Er stürmte auf die Straße.

»Noah! Bleib hier!«, zischte Hannes und sprang ihm nach. Er bekam seinen Freund am Rucksack zu packen und wollte ihn zurück hinter den Transporter ziehen. Stattdessen zog er aber nur Noahs Trinkflasche aus der Seitentasche und sie polterte zu Boden.

»Was war das?« Die Gestalt mit der Taschenlampe drehte sich in Richtung Straße um. Für den Bruchteil einer Sekunde konnte Hannes das Gesicht des Jungen sehen.

»Runter!«, befahl er Noah.

Sie gingen zwischen den parkenden Autos in Deckung.

»Meinst du, sie haben uns gesehen?«, fragte Hannes flüsternd.

»Ich glaube nicht«, raunte Noah.

Die drei Gestalten ließen von dem Schaufenster ab.

»Lass uns abhauen«, schlug einer der drei vor. Es war die Stimme eines Jugendlichen. »Wir können es doch bei dem anderen Laden noch mal probieren.«

»Mach dir nicht ins Hemd! Wir sind hier doch fast durch«, entgegnete ein anderer und machte sich wieder mit dem Hammer an der Scheibe zu schaffen.

»Wir sollten die Polizei rufen«, schlug Noah vor.

»Wie denn? Wir haben doch keinen Empfang«, entgegnete Hannes. Es fröstelte ihn. »Lass uns gehen. Die kommen doch da sowieso nicht durch.«

»Und wenn doch? Ich gucke doch nicht zu, wie hier ein paar Idioten den Stromausfall nutzen und in Geschäfte einbrechen! Wir sollten ...« Weiter kam Noah nicht. Plötzlich leuchtete ihnen jemand direkt ins Gesicht.

»Ey, hier haben uns welche beobachtet!«, rief die Gestalt mit der Lampe zu den anderen beiden hinüber. Der Typ mit dem Hammer drehte sich in ihre Richtung um. Bedrohlich kam er auf Hannes und Noah zu.

Noah sprang auf und schlug dem Jugendlichen vor ihnen die Lampe aus der Hand. »Lauf!«, befahl er Hannes.

Der sprintete los, über die Straße zurück hinter den Transporter, weiter den Fußweg entlang und durch die Hofeinfahrt ihres Mehrfamilienhauses in den Innenhof. Hinter den Mülltonnen lehnte er sich gegen die Wand und atmete tief durch. »Noah?«, flüsterte er in die Dunkelheit. Keine Antwort.

»Bleibt sofort stehen! Wir kriegen euch!« Draußen lärmten die drei Typen an der Hofeinfahrt vorbei.

Hannes tastete sich über den Innenhof. Wo war Noah? Er war einfach losgerannt, ohne darauf zu achten, ob sein Freund hinter ihm war. »Noah?«, flüsterte er, diesmal lauter.

»Ich bin hier«, antwortete Noah. Er stand direkt vor Hannes an die Hauswand gelehnt. »Sie sind weg.«

»Ja, bloß gut!«, entgegnete Hannes erleichtert.

»Bloß gut? Ich hätte die gern drangekriegt!«, schimpfte Noah vor sich hin.

»Hast du die nicht erkannt?«, fragte Hannes irritiert.

»Nein. Du?«

»Ja, ich glaub schon. Das waren Benny, Joe und Aston, die drei nervigen Typen aus der Parallelklasse.« Hannes öffnete die Haustür.

Noah seufzte vielsagend. »Na toll. Und jetzt? Ich hoffe, die haben *uns* nicht erkannt …«

⋆⋆⋆

»Machst du dir Sorgen um deine Familie?«, fragte Noah. Im Licht der Handylampe stiegen sie die Treppe zur Wohnung hinauf.

»Schon«, erwiderte Hannes knapp und kramte seinen Schlüssel aus dem Rucksack. Er schloss die Wohnungstür auf, polterte in den Flur und streifte die Schuhe ab. »Hallo?«, rief er.

Keine Antwort. Hannes wollte auch die Jacke ausziehen, doch es war ungewöhnlich kalt hier drin. Er ließ sie an.

»Hallo? Jemand da?«

Nichts rührte sich.

Noah drückte hinter sich die Tür ins Schloss. Hannes leuchtete in alle Räume, doch die Wohnung war leer.

»Komisch«, meinte er besorgt. »Wir haben doch so lange festgesteckt und von den anderen ist niemand vor uns hier angekommen? Wo sind die denn alle?«

»Habt ihr Kerzen?«, fragte Noah, ohne auf Hannes' Sorgen einzugehen.

»Bestimmt«, antwortete Hannes. »Aber erst mal brauch ich ordentliches Licht.« Er verschwand in seinem Zimmer und kehrte kurz darauf mit einer Taschenlampe zurück. Ihr kaltweißes Licht erhellte den Flur.

»Wow, eine *Maglite*«, stellte Noah anerkennend fest.

»Hab ich in Österreich bekommen«, erzählte Hannes stolz.

»Ist das etwa *die* Taschenlampe?«

»Jupp.« Hannes nickte. »Florian hat sie mir geschenkt, als wir wieder nach Hause gefahren sind. Cool, oder?«

Er begann, den Wohnzimmerschrank zu durchforsten und förderte kurz darauf eine Packung Teelichter zutage.

»Super!« Noah holte eine Handvoll heraus. »Jetzt machen wir erst mal Licht. Hast du Streichhölzer?«

Hannes reichte Noah ein Feuerzeug, das mit in der Kiste mit der Teelichtpackung gelegen hatte. Noah entzündete erst ein Teelicht, dann zwei, drei, vier. Warmes Leuchten erhellte bald das ganze Wohnzimmer und vermittelte ein beruhigendes Gefühl. Vielleicht war alles doch gar nicht so schlimm wie gedacht.

»Habt ihr einen Teelichthalter oder so, wo viele auf einmal reinpassen? Von Weihnachten zum Beispiel? Wir sollten die besser nicht einfach hier stehen lassen.« Noah deutete auf den alten Couchtisch aus Holz.

»Ja, schon«, druckste Hannes. »Auf dem Dachboden.«

»Super! Kannst du den holen?«

»Kannst du mitkommen und leuchten?«, stellte Hannes eine Gegenfrage.

»Klar«, antwortete Noah und pustete die Kerzen wieder aus. »Nur zur Sicherheit.«

Sofort verschwand das wohlige Gefühl. Hannes rappelte sich auf und schlüpfte in seine Hausschuhe. Sie gingen in den Hausflur, stiegen die knarzende Treppe hinauf und überquerten den Dachboden.

»Krass!«, rief Noah aus und Hannes fuhr erschrocken zusammen. »Euer Schloss wurde aufgebrochen!«

»Nein, nein.« Hannes drängte sich an Noah vorbei. »Das ist nur ... Das ist mir letztens runtergefallen. Ich hab es nicht wiedergefunden.« Er biss sich auf die Lippe. Stimmte ja auch. Von seinem kleinen Panikanfall brauchte Noah nicht unbedingt zu erfahren.

Noah leuchtete durch den Dachbodenverschlag.

»Hier ist die Kiste mit der Deko.« Hannes zog die Pappkiste aus dem Regal, die er erst vor wenigen Tagen dort abgestellt hatte. Er öffnete den Deckel und zog kurze Zeit später einen schwarzen Teelichtständer hervor. Hastig schob er die Kiste zurück. Es fröstelte ihn. Wo Ella jetzt wohl steckte? Hoffentlich war sie in Sicherheit und irrte nicht irgendwo alleine durch das dunkle Berlin.

Er streckte Noah den Teelichtständer hin. »So, wir können gehen.«

Doch Noah war noch nicht fertig. Er leuchtete in die Lücke zwischen Regal und Giebelwand. »Ah, ihr habt Tontöpfe«, stellte er begeistert fest.

»Blumentöpfe, ja.« Hannes stand schon am Holztürchen. »Komm, wir gehen wieder runter«, drängte er.

»Nein, warte mal.« Noah drückte Hannes die Lampe in die Hand und machte sich an den Töpfen zu schaffen. »Guck mal, was ich hier habe.«

Triumphierend streckte er das Zahlenschloss in die Höhe.

»Ja. Danke.« Hannes trat von einem Fuß auf den anderen.

Noah rappelte sich auf. Er hatte einen großen Topf in der Hand, außerdem einen mittleren und einen kleinen Untersetzer unterm Arm und kratzte mit der freien Hand die Reste Gartenerde aus dem Inneren des Blumenkübels.

»Was hast du vor?«, fragte Hannes mit einer Mischung aus Anspannung und Neugier.

»Zeig ich dir unten.« Noah grinste erwartungsvoll.

* * *

Noah kniete vor ihrer Kommode mit der Marmorplatte, von der Hannes noch schnell die Bilderrahmen mit Urlaubsfotos weggeräumt hatte. Er platzierte eine Handvoll Teelichter auf dem mittelgroßen Untersetzer. Hannes beobachtete ihn aus dem Augenwinkel, während er angestrengt auf das Empfangszeichen auf seinem Handydisplay starrte. Es schwankte zwischen einem Roten X und einem weißen Balken. Im Telefon hatte er die Nummer seines Vaters eingegeben. Als der Balken das nächste Mal zu sehen war, drückte er blitzschnell den grünen Hörer. Es rauschte leise in der Leitung, dann erklang das Besetztzeichen.

»Der gewünschte Gesprächspartner ist vorübergehend nicht erreichbar«, verkündete wieder die Frauenstimme.

Besorgt ließ Hannes das Telefon sinken.

»Ich bau uns einen Ofen«, erklärte Noah, ohne dass Hannes ihn danach gefragt hatte.

Die Teelichter auf dem Untersetzer brannten bereits alle. Vorsichtig hielt Noah den Tontopf darüber, mit der Unterseite nach oben. Dann hob er den Topf wieder an und verzog das Gesicht. »Ich brauche noch irgendeinen Abstandhalter. Hast du was, wo ich den Topf draufstellen kann?«

»Wie heiß wird das?«, fragte Hannes und rutschte an die Sofakante.

»Schon ziemlich warm.«

»Dann lieber keine Bücher?«

»Nein, besser nicht.« Noah drehte sich um. »Ich brauche ungefähr so eine Lücke über den Teelichtern, damit genug Luft reinkommt«, erklärte er und deutete mit Daumen und Zeigefinger etwa zehn Zentimeter Abstand an.

»Und woran denkst du?« Suchend sah Hannes sich um.

»Weiß nicht.« Noah zuckte mit den Schultern. »Gläser, Dosen, Würfel ... Irgendwas, wovon du mehrere Teile in der gleichen Größe hast.«

»Ich glaub, ich weiß was.« Hannes sprang auf und lief in die Küche, um wenige Momente später mit vier kleinen Espresso-Tassen wiederzukommen.

»Perfekt!« Noah nahm sie entgegen und baute sie in seinen Ofen ein.

Die fertige Konstruktion sah etwas eigenartig aus. Sechs brennende Teelichter auf einem Ton-Untersetzer, darum die vier umgestülpten Tassen, auf denen wie eine Haube der große Tontopf stand. Und oben auf das Loch hatte Noah den kleinen Untersetzer gestellt, damit die Wärme nicht einfach entweichen konnte.

Hannes streckte die Hand aus. Der Tontopf begann bereits, sich zu erwärmen.

»Funktioniert ja tatsächlich«, stellte Hannes anerkennend fest.

»Ja klar! Wieso sollte es denn nicht funktionieren?« Noah klopfte die Staubreste von seinen Händen und stand auf. »Das ist dasselbe Prinzip wie bei einem Kachelofen. Die Teelichter produzieren eine Menge Wärme, die der Tontopf speichert und nach außen weiterleitet.«

»Meine Mutter wollte schon immer einen Kachelofen haben«, scherzte Hannes. »Woher weißt du, wie man so was baut?«

»Hab ich bei den *Wölflingen* gelernt.«

»Bei wem?«, fragte Hannes verwirrt.

»Bei den *Wölflingen.*« Noah boxte Hannes in die Seite. »Bei den Pfadfindern, Mann. Ich war vier Jahre bei den Sankt-Georg-Pfadfindern.«

»Wusste ich ja noch gar nicht.«

Noah zuckte mit den Schultern. »Hab ich dir ja auch noch nicht erzählt.«

»Und was hast du da sonst noch so gelernt?«, wollte Hannes wissen.

»Dass man solche Öfen nicht ohne die Aufsicht von Erwachsenen bauen soll.« Noah grinste.

Ein Kratzen an der Wohnungstür ließ beide aufhorchen. Hannes legte einen Finger auf die Lippen, schnappte sich die Taschenlampe, ließ sie aber noch ausgeschaltet und schlich Richtung Eingang. Noah folgte ihm und zog die Wohnzimmertür so leise wie möglich ins Schloss. Kein Licht drang jetzt mehr in den Flur. Es kratzte weiter. Draußen schien sich jemand im Dunkeln am Türschloss zu schaffen zu machen.

»Meinst du, irgendwer versucht hier einzubrechen, weil gerade der Strom weg ist?«, flüsterte Noah.

»Kann sein«, flüsterte Hannes zurück.

Sie gingen hinter der Eingangstür in die Hocke und lauschten. Jetzt klang es, als wäre es der Person vor der Tür gelungen, etwas ins Schlüsselloch zu stecken. Die Tür sprang klickend auf und jemand trat in den Flur, aber sie konnten beim besten Willen nichts erkennen. Hannes hielt die Luft an, den Daumen auf dem Einschaltknopf seiner Taschenlampe.

»Hallo?« Es war Mama.

Hannes atmete aus und schaltete die Lampe an. Erschrocken wirbelte seine Mutter herum.

»Wir sind schon da«, meinte Hannes und richtete sich auf.

»Hannes! Was macht ihr denn hinter der Tür?«, rief sie und ihre Stimme überschlug sich fast.

»Na ja, wir dachten, du bist ein Einbrecher«, erklärte Hannes entschuldigend. »Du hattest kein Licht.«

»Aber ich hab doch einen Schlüssel!«, sagte Mama. »Meine Güte, mir wäre fast das Herz stehen geblieben! Aber was bin ich froh, dass ihr schon hier seid!«

Mama drückte Hannes. »Die Vorstellung, dass ihr da draußen allein unterwegs seid, hat mir echt Sorgen gemacht. Wie ist Ella hergekommen?«

»Äh ...« Hannes kratzte sich verlegen am Kopf. »Also *wir*, das sind Noah und ich.« Er nickte zu Noah hinüber, der grüßend die Hand hob.

»Ella ist nicht hier?« Mamas Stimme flatterte. »Und Papa?«

Hannes schüttelte mit dem Kopf. »Nein. Hab sie beide nicht erreicht.«

Nervös fuhr seine Mutter sich durch die Haare. »Ich hab auch die ganze Zeit versucht, jemanden von euch anzurufen. Inzwischen ist mein Akku leer.«

»Ging es bei dir auch nicht?«, fragte Hannes.

»Nein. Alle sind ›zurzeit nicht erreichbar‹.«

Seine Mutter arbeitete als Grafikdesignerin in einem anderen Stadtteil von Berlin, manchmal auch von zu Hause aus, aber heute war sie im Büro gewesen. Da der Strom nicht in ganz Berlin ausgefallen war, hatte sie, wie sie jetzt erzählte, erst durch ihre Nachrichten-App vom Chaos in Reinickendorf erfahren und gleich versucht, Hannes und Ella anzurufen. Und ihren Mann. Und dann wieder Hannes und Ella, ohne Ergebnis. Das Handynetz war einfach überlastet. Genauso wie der Nahverkehr.

»Ich bin vom Bahnhof Pankow hergelaufen«, erklärte sie und rieb sich die Hände, die bestimmt genauso kalt waren wie die von Hannes vorhin.

Hannes und Noah wechselten einen erschrockenen Blick. Das waren mal mindestens vier Kilometer Fußweg durch den Sturm!

»Noah hat einen Ofen gebaut«, erklärte Hannes stolz und deutete zum Wohnzimmer. »Da kannst du dich ein bisschen aufwärmen.«

Mama machte im Taschenlampenschein ein paar Käsebrote. Dann setzten sie sich auf Stühlen vor die Kommode, so nahe wie möglich vor den kleinen Teelichtofen, der langsam in Fahrt kam. Die Jungs hatten die Brote ratzfatz restlos verputzt, während sie abwechselnd von ihrer abenteuerlichen Tour durch die Unterwelt erzählten.

»Und dann sind wir hergekommen und ich hab uns den Ofen gebaut«, meinte Noah schließlich und lehnte sich zurück.

»Hast du von dem Kran an Papas Firma gehört, Mama?«, fragte Hannes angespannt.

»Ja.« Seine Mutter nickte langsam.

»Meinst du, ihm ist etwas passiert?«

Mama legte ihm eine Hand aufs Knie. »Mach dir keine Sorgen, es ist sicher alles in Ordnung. Er steckt bestimmt nur mit dem Auto irgendwo im Verkehr fest.«

»Und wenn nicht?« Hannes wollte sich mit dieser Antwort nicht zufriedengeben. »Weißt du was von Ella?«

»Nein. Ich hoffe, dass Sabine sie und Kiki nach dem Tanztraining mitgenommen hat. Oder ein Elternteil von den anderen Tanzkindern. Vielleicht stecken sie aber auch in der S-Bahn fest.«

»Na ja, was mit den Bahnen los ist, haben wir ja gesehen«, warf Noah ein.

»Ja, genau!« Hannes fuchtelte mit dem Finger vor Noahs Gesicht herum. »Und jetzt stell dir mal vor, Ella irrt auch irgendwo durch die Tunnel, weil die Leute in ihrer Bahn genauso ausgerastet sind!«

»Wir können doch gerade gar nichts machen. Ella ist clever, ihr passiert schon nichts«, versuchte Noah ihn zu beruhigen.

»Wir könnten beten«, schlug Mama vor.

»Ja, schon.« Hannes wand sich.

»Wieso nicht? Hat doch im Tunnel super funktioniert«, bemerkte Noah.

»Echt jetzt?« Hannes hob zweifelnd die Augenbrauen. »Zum Waggon zurückgefunden haben wir nicht.«

»Aber raus aus dem Tunnel. War doch noch viel besser!«

»Stimmt ...«, entgegnete Hannes nachdenklich.

»Dann können wir doch noch mal beten.« Seine Mutter griff nach Hannes' Händen. »Lieber Papa Gott ...«, begann sie und Hannes musste schmunzeln.

Diese Anrede beim Beten benutzte nur seine Mutter. Er selber konnte mit dieser Bezeichnung für Gott manchmal nicht so viel anfangen. Aber heute passte es, Gott als Papa zu sehen, der auf seine Kinder aufpasste.

»Amen«, sagte Mama und drückte seine Hände.

Hannes verzog den Mund. Er hatte gar nicht zugehört. Aber Gott hoffentlich!

»Es wird alles gut, da bin ich sicher«, meinte Mama.

»Hm«, machte Hannes und zog die Knie an. »Und was, wenn nicht?«, fragte er wieder.

Noah zog die Stirn in Falten und schaute ihn durchdringend an. »Hör auf damit! Das bringt gar nichts.«

»Hm«, machte Hannes noch mal.

»Wie spät ist es denn?«, fragte Noah.

»Warte kurz.« Mama angelte ihre Brille von der Kommode und warf einen Blick auf ihre Armbanduhr. »Halb zehn.«

»Dann hat mein Vater auch inzwischen Feierabend. Aber der bleibt bestimmt länger im Büro, bei dem Chaos brauchen sie bei der Polizei sicher jeden.«

»Dann bleib doch erst mal hier«, bot Mama ihm an. »Dein Vater weiß ja, dass du mit Hannes unterwegs warst. Er wird sich bestimmt bei uns melden.«

»Wie denn?«, lachte Noah. »Aber danke. Dann bleib ich noch, wenn es euch nichts ausmacht. Wüsste auch gar nicht, wie ich sonst nach Hause kommen sollte.«

Hannes spielte mit dem Handy in seiner Hand herum. »Sollen wir noch mal versuchen, Papa anzurufen?«

»Besser nicht«, lehnte seine Mutter ab und machte sich daran, die Teller wegzuräumen. »Spar mal deinen Akku. Ist ja das einzige funktionierende Telefon, das wir gerade haben.«

Sie war gerade mit dem Geschirr in den Flur gegangen, da klopfte es kräftig an der Wohnungstür.

»Siehst du?«, rief sie. »Das ist er bestimmt.«

Hannes sprang auf. Es klopfte wieder.

»Moment!«, rief seine Mutter aus der Küche.

»Ich mach auf«, meinte Hannes und lief zur Tür.

Der Schein einer kräftigen Taschenlampe drang vom Treppenhaus durch das Oberlicht in den Flur. Es klopfte zum dritten Mal.

»Hallo?«, rief eine tiefe Männerstimme. »Ist jemand zu Hause? Hier ist die Polizei.«

Überraschungen an der Tür

»Kann ich euch helfen?« Der Mann im Trainingsanzug schwang die Tür etwas weiter auf.

Langsam wich Kiki zurück.

»Wo wollt ihr denn hin? Ihr seht ja aus, als hättet ihr einen Geist gesehen«, fuhr er schmunzelnd fort.

»Haben wir ja auch«, flüsterte Kiki und griff nach Ellas Hand.

»Oh!« Lachend stellte er den Kerzenständer ab und zog sich das Basecap vom Kopf. »Hab gar nicht gemerkt, dass ich sie noch aufhabe. Macht der Gewohnheit.«

Unter der Kopfbedeckung kam ein bekanntes Gesicht zum Vorschein. Dunkle Augen umrahmt von blasser Haut. Ella stand wie festgewachsen im Flur, ihre Finger krampften sich um Kikis Hand. Das war ein Traum. Das musste ein Traum sein! Gleich würde sie aufwachen und feststellen, dass sie in ihrem Bett lag und alles ...

»Matthias? Wer ist denn da?«, rief eine Stimme aus dem Inneren der Wohnung. Schlurfende Schritte näherten sich und eine zweite Gestalt erschien im Türrahmen. »Kiki? Was machst du denn hier?«

»Oma!« Kiki löste ihre Hand aus Ellas Umklammerung und flog ihrer Oma in die Arme.

»Na so was«, lachte die alte Dame, »wo kommt ihr denn her? Ihr seid ja ganz verschreckt und durchgefroren. Jetzt aber schnell in die warme Stube!«

Kiki verschwand mit ihrer Oma in der Wohnung, doch Ella löste sich nicht vom Fleck.

Der Mann trat zur Seite und deutete in den kleinen Flur. »Komm, rein mit dir«, meinte er, »sonst heizen wir noch das ganze Treppenhaus.«

Ella schluckte ihre Panik herunter und trat ein.

»Setz dich ins Wohnzimmer und wärm dich

auf.« Er nickte den Flur hinunter und verschwand in einem anderen Raum.

Mit zitternden Fingern stieß Ella die Tür auf, auf die der Mann gedeutet hatte, und eine wohlige Wärme schlug ihr entgegen. Warmer Feuerschein erhellte den Raum. Kikis Oma saß, eine Wolldecke über die Beine gelegt, in einem großen Ohrensessel neben dem Fenster. Kiki kniete vor einem Kamin, in dem ein kräftiges Feuer prasselte. Sie klopfte auf den Teppich neben sich.

»Weißt du was?«, gluckste sie. »Das hier ist gar nicht die Wohnung von meiner Oma.«

»Ach nein?«, erwiderte Ella nur und ließ sich neben Kiki auf den Boden sinken.

Kiki kicherte. »Stell dir vor, wir haben ein Stockwerk zu tief geklopft. Hätten wir die richtige Tür erwischt, wäre meine Oma gar nicht da gewesen, denn sie ist ja *hier*.«

Kikis Oma beugte sich vor. »Ich hab doch keinen Ofen zum Heizen und die Wohnungen kühlen durch die alten Holzfenster so schnell aus. Matthias ist direkt raufgekommen, als der Strom ausgefallen ist, und hat mich an seinen Kamin eingeladen. Sehr nett von ihm, nicht wahr? Er ist sowieso der beste Nachbar hier im Haus!«

»Verrückt, oder?« Kiki stieß Ella in die Seite. »Und wir haben uns voll erschreckt. Dabei haben wir uns nur in der Tür geirrt.«

Ella antwortete nicht, sie schälte sich nur langsam aus ihrer Winterjacke.

»Ist dir schlecht oder so?«, fragte Kiki und runzelte die Stirn.

»Ja. Ein bisschen.« Ella starrte ins Feuer. Ihr Blick fiel auf die Straßenschuhe an ihren Füßen, die dreckige Spuren auf dem Teppich hinterlassen hatten. Sie löste die Schnürsenkel. »Ich glaube, dieser Matthias ist der gruselige Mann aus dem Tegeler Forst.«

»Echt jetzt?«, prustete Kiki.

Hinter ihnen kam Matthias zur Tür herein. »Na, alles in Ordnung bei euch?«

Kiki drehte sich um. »Meine Freundin hat Albträume von Ihnen gehabt.«

»Kiki!«, zischte Ella.

»Von mir?« Der Mann im Trainingsanzug stellte ein Tablett mit Gläsern und einer Schale voller

Kekse auf dem Wohnzimmertisch ab und zog sich einen Stuhl näher zum Kamin. »Wieso das denn? Wir kennen uns doch gar nicht.«

»Ich glaube, wir sind uns schon mal begegnet«, murmelte Ella und warf ihm einen flüchtigen Blick aus dem Augenwinkel zu.

Matthias hob fragend die Brauen. »Wo soll das denn gewesen sein?«

»Im Tegeler Forst.«

Er nickte lachend. »Das kann gut sein. Da bin ich fast jeden Tag.«

»Und was machen Sie da Gruseliges?«, fragte Kiki und schielte zur Keksschale hinüber.

»Gruseliges? Eigentlich nichts. Ich gehe da nur spazieren.«

»Sie waren überall. Und Ihr Gesicht und Ihre Hände waren ganz weiß«, platzte es aus Ella heraus.

»Also zuerst einmal: Ich heiße Matthias, wie ihr ja bestimmt schon mitbekommen habt. Ihr könnt gern Du sagen. Und ich war bestimmt nicht überall. Ich gehe immer eine große Runde durch den Forst. Und wahrscheinlich sehe ich auch etwas gruselig aus mit der dicken Schicht Sonnencreme und der Sonnenbrille.«

»Sonnencreme?«, fragte Ella überrascht.

»Ja.« Matthias reichte die Kekse zu Kiki hinüber und begann, Limonade in die Gläser einzuschenken. »Ich muss immer sehr aufpassen, wenn ich rausgehe. Meine Haut verträgt überhaupt kein Sonnenlicht.« Er gab Kiki ein gefülltes Glas. »Möchtest du auch etwas trinken, ... Wie ist dein Name?«

»Ella. Hm, ja.«

Matthias reichte ihr ebenfalls ein Glas. »Ich habe eine Krankheit, sie heißt Lichturtikaria«, erklärte er. »Das ist so etwas wie eine sehr starke Sonnenallergie.«

»Und du benutzt auch an bewölkten Tagen so viel Sonnencreme?«, fragte Ella.

»Ja. Sicher ist sicher. Wenn ich dir Angst gemacht habe, Ella, dann tut mir das leid. Das wollte ich nicht!«

»Okay, alles gut.« Ella nickte langsam.

Irgendwie eigenartig, was für eine einfache Erklärung hinter dieser merkwürdigen Begegnung steckte. Und noch eigenartiger, dass sie nach ihrem Irrweg durch die Stadt direkt an der Tür dieses geheimnisvollen Mannes gelandet waren.

»Kiki, alles in Ordnung?« Kikis Oma sprang erschrocken aus dem Sessel auf.

Ella wirbelte zu ihrer Freundin herum, die plötzlich mit schmerzverzerrtem Gesicht vornübergebeugt auf dem Teppich kniete.

»Mein Bauch tut weh«, jammerte sie.

»Wir hatten einen Unfall!«, stieß Ella hervor.

»Einen Unfall?«, fragten Kikis Oma und Matthias gleichzeitig.

»Ja. Mit dem Auto, gerade als der Strom ausgefallen ist.«

»Von wo kommt ihr denn jetzt?«, fragte Kikis Oma.

»Von der Tanzschule«, antwortete Ella.

»Zu Fuß? Durch den Sturm?« Matthias hob Kiki hoch und legte sie vorsichtig aufs Sofa.

Kikis Gesicht war ganz blass.

Ihre Oma deckte sie mit der Wolldecke zu. »Ganz ruhig, mein Mädchen!« Sie strich ihr beruhigend über die Wange. »Das ist bestimmt nur der

Schreck. Die ganze Aufregung war wohl etwas zu viel des Guten.«

»Wissen eure Eltern von dem Unfall?«, fragte Matthias.

Ella schüttelte heftig den Kopf. »Die wissen gar nichts. Auch nicht, dass wir hier sind. Und wir haben auch noch nichts von ihnen gehört.«

Je wärmer ihr wurde, desto mehr nahm Ella wieder das Dröhnen in ihrem Kopf wahr. Sie fühlte sich auf einmal wieder ganz benommen.

»Ich bin gleich zurück.« Matthias eilte aus dem Wohnzimmer.

»Wo gehst du hin?«, fragte Ella und folgte ihm.

Er schlüpfte gleichzeitig in Schuhe und Jacke. »Mach dir keine Sorgen.« Matthias drückte ihr den Kerzenleuchter in die Hand, der immer noch im Flur stand. »Ich geh mal eben telefonieren.«

* * *

Mit Schwung riss Hannes die Wohnungstür auf und steckte seinen Kopf durch den Spalt. Der

Mann in Uniform direkt vor ihm machte erschrocken einen Schritt zurück.

»Was ist los?«, stieß Hannes aufgeregt hervor.

»Sind deine Eltern zu Hause?«, entgegnete der Mann, ohne Hannes' Frage zu beantworten.

»Ich bin hier!« Mama schob Hannes beiseite und schwang die Tür auf.

»Frau Windvogel?«, fragte der Polizist.

»Ja. Bitte, kommen Sie doch rein. Wie können wir Ihnen helfen?«

Hannes glaubte, ein leichtes Zittern in ihrer Stimme gehört zu haben.

Die beiden Polizisten, ein Mann und eine Frau, traten ein und drückten hinter sich die Tür ins Schloss.

»Wir wollen Sie gar nicht lange aufhalten«, erklärte die Polizistin. »Wir sind wegen Ihrer Tochter hier.«

»Ella?«, entfuhr es Hannes. »Ist etwas passiert? Wo ist sie denn? Sie hat sich noch gar nicht gemeldet!«

»Hannes«, seine Mutter legte ihre Hand auf seinen Arm, »setz dich doch am besten zu Noah ins

Wohnzimmer. Ich spreche kurz allein mit unserem Besuch.«

»Vergiss es!«, brauste Hannes auf. »Ich will wissen, was los ist!«

»Schon gut!« Der Mann in Uniform hob beschwichtigend die Hände. »Es ist so: Eine Sabine Jansen ...«

»Das ist Ellas Tanzlehrerin!«, unterbrach Hannes den Polizisten.

»Ja, genau«, fuhr dieser fort. »Also, Frau Jansen ist in einen Auffahrunfall verwickelt worden und hat angegeben, dass sie zwei Mädchen im Auto hatte, die mit einem Mann weggegangen sind, der sie ins Krankenhaus bringen wollte.«

»Ins Krankenhaus?«, fragte Hannes entsetzt. »Sind sie verletzt?«

»Nicht so hastig, junger Mann«, versuchte die Polizistin ihn zu beruhigen.

»Also«, fuhr ihr Kollege fort, »Frau Jansen ist bei dem Unfall selbst verletzt worden und konnte sich nicht um die Mädchen kümmern, weshalb ein anderer Verkehrsteilnehmer seine Hilfe angeboten hat.«

»In welchem Krankenhaus sind sie denn?«, fragte Mama und nahm ihren Wohnungsschlüssel von der Ablage, um sich den Polizisten anschließen zu können.

»Nun, das wissen wir nicht«, erklärte die Frau und fuhr sich durch ihre kurzen Haare. »Die Kollegen, die den Unfall von Frau Jansen aufgenommen haben, sind bei ihren Nachforschungen leider zu keinem Ergebnis gekommen. Die beiden Mädchen waren in keinem Krankenhaus in der Umgebung des Unfallortes ausfindig zu machen. Deshalb wollten wir nachfragen, ob Sie etwas von Ihrer Tochter gehört haben?«

»Nein, haben wir nicht. Ihr Handy ist aus«, antwortete Mama nervös.

Hannes griff nach ihrer Hand.

»Machen Sie sich bitte keine Sorgen«, meinte die Polizistin. »Wir würden dann ...«

»Keine Sorgen?«, schimpfte Hannes. »Das sagen Sie so einfach. Meine Schwester ist weg und wir sollen uns keine Sorgen machen?!«

»Hannes!«, Mama drückte seine Hand.

Doch er ließ sich nicht bremsen. »Was soll das

denn für ein Typ gewesen sein, der sie mitgenommen hat? Das würde Ella nie machen, einfach mit einem Fremden mitgehen!«

»Wir würden eine Vermisstenmeldung ...«

Ein Knacken im Funkgerät ihres Kollegen unterbrach die Polizistin. »Bitte kommen«, krächzte eine Stimme.

»Höre«, sagte der Polizist in das kleine schwarze Gerät, das vorn auf seiner schusssicheren Weste befestigt war.

»Wir haben ... Meldung aus ...«

Hannes konnte beim besten Willen nicht viel verstehen. Der Polizist anscheinend auch nicht, denn er ging zurück in den Hausflur und bat die Stimme am anderen Ende der Leitung, die Information zu wiederholen. Dann winkte er seine Kollegin zu sich. Im Schein der Taschenlampe konnte Hannes sehen, wie sie die Köpfe zusammensteckten.

»Na, alles in Ordnung?« Noah war neben ihn getreten und schlug ihm auf die Schulter.

Hannes hob die Hand. »Scht! Ich will hören, was sie sagen.«

»Meldung aus Wittenau«, raunte der Polizist seiner Kollegin zu, gerade laut genug, dass Hannes es mitbekam. »... Anwohner ... Dienststelle gemeldet ... Streifenwagen ...«

»Haben Sie etwas erfahren?« Hannes stürmte zur Tür, doch der Polizist schob ihn beiseite.

»Wir würden das gern kurz abklären«, meinte er an Hannes' Mutter gerichtet. »Könnten Sie uns eben mal zum Auto begleiten?«

»Aber ich will auch mit!«, protestierte Hannes.

»Hannes!« Mama sah ihn eindringlich an. »Es wird sich alles klären. Bitte warte hier. Du könntest ja noch mal versuchen, Papa zu erreichen, okay?«

Hannes klappte den Mund auf und wieder zu. Das war doch nur ein Versuch, ihn zu vertrösten! Seine Mutter wartete keine Antwort ab, sondern folgte den Polizisten durch das dunkle Treppenhaus nach unten.

»Mach die Tür zu«, bat Noah. »Es wird kalt.«

»Aber ...«

Noah griff an ihm vorbei an die Klinke und drückte die Tür ins Schloss. »Ihr habt jetzt ein

Aquarium, habe ich gesehen«, versuchte er Hannes abzulenken.

»Niemals würde Ella mit einem fremden Mann mitgehen«, wiederholte Hannes seinen Einwand von eben.

»Die Fische brauchen Sauerstoff!« Noah drückte ihm die Taschenlampe in die Hand und schob ihn zurück ins Wohnzimmer. »Ohne Strom funktioniert ja auch die Filterung nicht. Habt ihr solche Sauerstofftabletten?«

»Keine Ahnung.« Genervt öffnete Hannes den Schrank unter dem Aquarium und durchforstete die Verpackungen darin. »Aber Ella wird mir den Kopf abreißen, wenn die Fische sterben und ich nichts dagegen gemacht hab.« Er fand das entsprechende Mittel und warf zwei weiße Tabletten ins Wasser, die wie Brausepulver sprudelnd zu Boden sanken. Dann nahm er die Wolldecke vom Sofa und breitete sie über dem Aquarium aus, um es vor dem Auskühlen zu bewahren. Ob das wirklich etwas nützte, konnte Hannes nicht einschätzen, aber er wollte es zumindest versucht haben.

»Und jetzt musst du noch mal deinen Vater anrufen!« Noah hielt ihm sein Smartphone hin.

Genervt nahm Hannes das Handy entgegen und schaltete das Display an. Kein Empfang. »Geht doch gar nicht!«, schimpfte er und pfefferte das Gerät auf den Couchtisch. Innerlich drohte er zu platzen vor Sorge um Papa und Ella, aber er wollte es sich nicht anmerken lassen.

Die Wohnungstür schnappte auf und wieder zu.

»Hannes?« Es war seine Mutter und ihre Stimme war brüchig, aber nicht vor Angst. Sie schwang die Wohnzimmertür auf. »Du wirst nicht glauben, was passiert ist«, lachte sie. »Ich hab gerade mit Ella gesprochen.«

Hannes klappte den Mund auf und wieder zu. »Wie das denn?«

»Durch den Polizeifunk. Sie ist auf der Wache in Wittenau. Und weißt du, wer sie da hingebracht hat? Der Mann aus dem Tegeler Forst, von dem sie letzte Nacht geträumt hat.«

Eine halbe Stunde später drehte sich ein Schlüssel im Schloss der Eingangstür. Angespannt sprang Hannes auf und rannte in den Flur. Seine

Mutter bezog gerade im Schlafzimmer Bettzeug für Noah. Die Wohnungstür sprang auf.

»Wer ist da?«, polterte Hannes und leuchtete in den Flur.

»Hannes!«, kreischte Ella und warf ihre Mütze nach ihm.

Mama eilte aus dem Schlafzimmer und nahm Ella in den Arm.

»Die Polizei hat mich hergefahren«, erklärte Ella stolz. »Von Wittenau.«

»Warum seid ihr nicht bei Sabine geblieben?«, fragte Hannes. »Was habt ihr denn in Wittenau zu suchen gehabt?«

»Gar nichts«, murmelte Ella. »Ist doch egal. Es war alles irgendwie …«

»Blöd?«, vollendete Hannes ihren Satz.

»Nein. Oder ja. Eher bescheuert. Kiki und ich waren ziemlich bescheuert.«

»Unsinn«, widersprach Mama und schob Ella in Richtung Wohnzimmer. »Das Wichtigste ist doch, dass alles gut gegangen ist. Gott sei Dank!«

⋆ ⋆ ⋆

Ein leises Klicken riss Ella aus dem Schlaf. Suchend sah sie sich um. Was war denn los? Im Aquarium war die Beleuchtung angegangen und der Fischschwarm zog seine Bahn vor der Frontscheibe, von links nach rechts. Moment, Beleuchtung? Der Strom war wieder da! Ruckartig setzte sie sich auf. Draußen wurde es gerade erst hell und im Licht der Straßenlaternen tanzten Tausende weißer Flocken zu Boden. Es schneite! Ella schlug die Decke zurück, erhob sich vom Sofa und tappte ans Fenster. Mit der Stirn an der kalten Fensterscheibe beobachtete sie das Schneetreiben und unter ihrem Atem beschlug das Glas. Hinter ihr klopfte es. Sie wandte sich um. In einem Berg aus Kissen und Decken lagen Hannes und Noah auf dem Fußboden vor der Kommode und schliefen. Wobei, eigentlich sah Ella nur Kissen, Decken und Noahs dunklen Lockenschopf. Ihr Blick wanderte weiter. Auf der Kommode stand Noahs Teelichtofen, doch alle Lichter waren inzwischen erloschen. Es klopfte wieder und die Wohnzimmertür wurde vorsichtig geöffnet. Jemand steckte den Kopf herein.

»Papa!«, rief Ella, sprang durchs Zimmer und flog ihm in die Arme.

Noah und Hannes fuhren gleichzeitig aus ihrer Bettenburg hoch.

Papa nahm Ella in die Arme.

»Wo warst du denn so lange?«, fragte sie und vergrub ihren Kopf in seinem Winterpulli.

»Wir haben uns Sorgen gemacht!«, fügte Hannes mit vorwurfsvollem Unterton hinzu. Er klang noch ganz verschlafen.

»Ich hab mir auch Sorgen gemacht«, erklärte Papa und drückte Ella. »Aber ich habe festgesteckt und konnte einfach nicht weg.«

»Wo denn?« Ella hob den Kopf und musterte ihren Vater scharf. »Im Auto? Im Verkehr?«

»Oder etwa im Krankenhaus?«, fragte Hannes erschrocken.

Papa lächelte. »Weder noch. Ich war den ganzen Abend und die ganze Nacht mit einer Kollegin im Fahrstuhl eingesperrt.«

»Im Fahrstuhl?« Irritiert hob Ella die Augenbrauen. »Wieso das denn?«

Papa setzte sie wieder ab und fuhr sich mit der

Hand durch die Haare. »Na, weil wir gerade in den Aufzug gestiegen waren, als der Strom ausfiel. Wir hatten kein Licht, keinen Handyempfang und der Notrufknopf hat auch nicht funktioniert.«

»Wusste überhaupt jemand, dass ihr da drin wart?«, fragte Hannes.

»Leider nicht.« Papa zuckte mit den Schultern. »Außer klopfen und rufen konnten wir nichts machen. Heute Morgen kam die Feuerwehr und hat uns rausgeholt.«

»Also hat euch jemand gehört«, stellte Ella erleichtert fest.

»Ja«, nickte Papa. »Aber ich weiß nicht, wer.«

»Aber ich weiß es«, meinte Hannes. »Papa Gott.«

Endlich Ferien!

Zwei Stufen auf einmal nehmend sprang Hannes die Schultreppe hinunter. Noah stand unten und wartete.

»Kommst du mit zur Aufführung von Ella?«, fragte Hannes und steuerte die Hofausfahrt an. Der letzte Schultag vor den Winterferien lag endlich hinter ihnen.

»Weiß nicht.« Noah zuckte mit den Schultern.

»Kannst sowieso nicht BMX fahren«, frotzelte Hannes.

Noah sah ihn grimmig von der Seite an.

»Was denn?« Mit gespieltem Ärger hob Hannes die Hände und blieb stehen. »War doch klar, dass der Forst nach *dem* Sturm gesperrt wird.«

»Kannst mir ja eine Nachricht schreiben, wann es losgeht mit der Aufführung«, antwortete Noah, ohne auf Hannes' Sticheleien zu reagieren.

»Wie denn?«, fragte Hannes belustigt. »Brieftaube oder Rauchzeichen?«

»Ey Hannes ...«, setzte Noah an, verstummte dann aber und schaute kritisch an ihm vorbei nach vorn. Hannes drehte sich um. Vor ihnen standen die drei Jungs aus der Parallelklasse und versperrten ihnen den Weg zur Straße. Hannes und Noah wechselten einen flüchtigen Blick. Wussten die drei, dass sie ihren Einbruchsversuch beobachtet hatten?

»Kein Wort zu denen«, raunte Noah, vergrub seine Hände in den Jackentaschen und setzte sich in Bewegung.

Hannes folgte ihm. Er spürte, wie sein Puls sich beschleunigte. Die drei machten keine Anstalten, zur Seite zu gehen. Als Noah sie erreicht hatte, sprang einer plötzlich auf ihn zu und machte dabei kreischende Affengeräusche. Die anderen lachten.

»Was soll das?« Ärgerlich stieß Hannes den Jungen weg, der wie ein Schimpanse um Noah herumturnte. Das Lachen seiner beiden Kumpels verstummte.

»Willst du Stress, oder was?« Bedrohlich baute sich Aston, der größte von ihnen, vor Hannes auf. Er überragte ihn um gut einen halben Kopf.

Hannes schluckte und wich seinem Blick aus. Aston schubste ihn zurück Richtung Schulhof.

»Fass mich nicht an!«, zischte Hannes.

»Wer hat denn hier wen zuerst angefasst?«, giftete sein Angreifer zurück. »Hm?«

Schritt für Schritt drängte er Hannes vom Schultor weg. Hinter ihnen stieß Joe Noah gegen die Wand der Turnhalle. Benny steckte ihm einen Schneeball hinten in die Jacke.

»Hey!«, rief Hannes. Der Typ vor ihm packte ihn an der Jacke, doch er riss sich los. »Kümmert euch um euren eigenen Mist und lasst uns in Ruhe!«, fauchte er wütend.

»Machen wir doch«, höhnte Aston. »Wir kümmern uns um den Mist.«

»Ich kümmere mich gleich um *euch*!«, donnerte eine Männerstimme vom Schultor her. Sie kam Hannes merkwürdig bekannt vor.

Überrascht wirbelte sein Angreifer herum und die anderen beiden wichen zurück.

»War doch nur Spaß«, stotterte Benny und hob beschwichtigend die Hände.

»*Ich* mach aber *keinen* Spaß!« Die tiefe Stimme hinter dem Tor klang auch alles andere als lustig.

Hastig setzten sich die beiden Richtung Schulgebäude in Bewegung.

»Lass uns abhauen!«, raunte Joe dem Jungen zu, der immer noch vor Hannes stand und ihm die Sicht auf das Tor versperrte.

Der Mann dort schien ihnen gerade eine gehörige Portion Respekt einzuflößen. Wortlos ließ Aston Hannes stehen und verschwand mit den anderen hinter der Turnhalle.

Am Tor stand Noah und grinste. Und neben ihm stand ein Mann in schwarzen Lederklamotten, eine Hundeleine in den tätowierten Händen. Mr Siebenlehn wedelte freudig mit dem Schwanz, als er Hannes sah.

»Ach, du bist es!« Hannes atmete auf.

Jonk lachte.

»Ich glaube, die sind fertig für heute«, meinte Noah. »Was machst du hier, Jonk?«

»Ich wollte dir was vorbeibringen.« Jonk zog eine Plastiktüte aus der Jackentasche und reichte sie Noah.

Der warf einen Blick hinein. »Mein Handy?«, fragte er überrascht.

»Funktioniert wahrscheinlich nicht mehr, aber vielleicht kannst du wenigstens die Daten retten«, meinte Jonk achselzuckend.

»Woher wusstest du, wo du uns findest?« Hannes trat neben die beiden und kraulte Mr Siebenlehn zwischen den Ohren. Jonk nickte mit dem Kopf zu Noah hinüber. »Sein Schülerausweis steckt in der Handyhülle.«

»Danke, Mann!« Noah hob die Hand und Jonk schlug ein.

»Nicht dafür.«

»Ich wollte mich auch bedanken«, wagte Hannes einen Vorstoß. »Für neulich.«

Jonk winkte ab.

»Und mich entschuldigen«, schob Hannes hastig hinterher. »Ich hab euch nämlich für ziemlich gefährliche Leute gehalten, als wir zusammen in der U-Bahn gesessen haben.«

»Das habe ich gemerkt«, erwiderte Jonk lachend.

»Aber ihr seid schwer in Ordnung, ehrlich!«, fügte Hannes hinzu.

Jonk schlug auch in Hannes' Hand ein. »Schön, dass du deine Meinung noch mal geändert hast. Ihr seid auch schwer in Ordnung.«

»Und weißt du was?«, ergänzte Noah. »Ihr wart unsere Gebetserhörung!«

»Gebetserhörung?« Zweifelnd wanderte Jonks Blick zwischen den beiden hin und her. »Ich hoffe, das ist was Gutes?«

»Selbstverständlich«, versicherte Noah ihm.

»Na, dann ist ja gut.« Jonk zwinkerte. »Aber bevor ich es vergesse: Ich habe noch was für euch.«

Er kramte in der anderen Jackentasche herum und förderte zwei Tickets zutage. »Jetzt, wo ihr Ferien habt, müsst ihr unbedingt mal zu einer richtigen Führung in die Unterwelten kommen.«

»Mega!«, entfuhr es Noah. »Das machen wir!«

***

»Was ist das?« Kiki hielt einen Briefumschlag in die Höhe, den sie aus ihrem Spind in der Umkleide gezogen hatte.

»Lies doch«, erwiderte Ella.

Kiki riss den Umschlag auf und zog eine Karte heraus.

»Ah, unser reimloses Gedicht«, stellte sie belustigt fest. Dann drehte sie die Karte um.

»Liebe Kiki«, las sie laut vor, »wenn das Leben uns einen Streich spielt, kann ich mit dir lachen, bis die Sterne vom Himmel fallen. Danke, dass du meine beste Freundin bist. Schön, dass es dich gibt! Dcine Ella.« Kiki ließ die Karte sinken. »Wie lieb von dir«, sagte sie leise und verzog den Mund zu einem schiefen Grinsen.

»Ich geh noch schnell aufs Klo«, meinte Ella verlegen und verschwand hinter der Toilettentür. »Hast du gesehen, wer bei der Aufführung war?«, fragte sie ein paar Momente später aus der Kabine heraus.

»Psst, Ella!«, wies Kiki sie zurecht und kicherte. »Muss doch keiner hören.«

»’tschuldigung.« Ella betätigte die Spülung, ging raus und ließ hinter sich die Toilettentür ins Schloss fallen.

Kiki saß auf der Bank und schnürte umständlich ihre Stiefel zu. Sie schaute zu Ella und ihre Wangen röteten sich. Ella schmunzelte nur.

»Kiki, Ella!«, rief eine Stimme aus dem Flur.

Hastig seifte sich Ella die Hände ein. Im Spiegel konnte sie sehen, dass Sabine den Kopf zur Tür der Umkleide hereinsteckte. Ihr Arm lag in einer Schlinge, da ihre Schulterverletzung von dem Autounfall noch nicht wieder verheilt war.

»Ihr seid mal wieder die Allerletzten«, stellte sie lächelnd fest. »Wie immer.«

»Wir mussten noch was Wichtiges besprechen.« Kiki kramte ihre Sportsachen aus dem Spind und stopfte sie in die Sporttasche, denn während der Ferien sollte nichts in den Umkleidekabinen zurückbleiben.

»Die anderen warten im Foyer auf euch«, erklärte Sabine und wandte sich zum Gehen.

»Die anderen«, flüsterte Kiki vielsagend. Sie stand jetzt wartend an der Tür.

Ella drehte sich zu ihr um und im nächsten Moment erlosch das Licht.

»Mann, Kiki!«, schimpfte Ella in die Dunkelheit. »Finde ich nicht witzig.«

»Ich schon«, sagte Kiki hörbar grinsend und schaltete das Licht wieder an.

Draußen auf dem Gang trat Hannes wartend von einem Fuß auf den anderen. »Na, auch schon fertig?«, fragte er, als Kiki und Ella aus der Umkleide kamen. »Wir warten schon eine halbe Ewigkeit!«

Wortlos hakte Ella sich bei ihm unter.

Im Foyer standen Kikis Mutter, Mama, Papa und Noah.

»Dann können wir jetzt ja endlich gehen«, meinte Hannes und steuerte dem Ausgang zu.

»Wohin denn?«, fragte Ella neugierig.

Papa hielt die Tür auf. »Wir dachten uns, es wäre doch schön, wenn wir alle zusammen noch einen Kaffee trinken gehen.«

»Iiih, Kaffee!« Hannes verzog angewidert das Gesicht.

»Meinetwegen auch eine Heiße Schokolade«, entgegnete Papa schmunzelnd.

»Oh ja, mit Sahne!« Kiki boxte Ella in die Seite. »Oder Tee mit Milch.«

»Ich weiß, wo wir hingehen können«, sagte Ella. »Dort gibt es sogar kostenlose Gedichte.«

»Ohne Reime.« Kiki lachte und nahm Ella in den Arm.

Ella schaute hinauf in den Berliner Abendhimmel, von dem wieder dicke weiße Flocken zu Boden tanzten, und unter ihren Füßen knirschte der Schnee.